KURZE 4

KURZE
4. Ausgabe, Sommer 2021
ISBN 978-3-942154-59-8

Redaktion/Herausgeber:innen Susanne D. Engling, Josephine Güntner, Mikkel Haynes, Mia Hofner, Maja Mick, Marie Sturm

Gestaltung und Satz Marie Mick
Assistenz Lisa James
Cover Johannes Hoffmann
Herstellung Druckerei Zimmermann, Köln

Erschienen im
Verlag der Kunsthochschule für Medien Köln
Peter-Welter-Platz 2, 50676 Köln
verlag@khm.de, http://verlag.khm.de
+49(0)221 201 89-213

Bestellen Sie zusätzliche Ausgaben kostenfrei, solange nicht vergriffen, unter: verlag@khm.de.

www.khm.de/kurze/
E-Mail kurze_anthologie@gmx.de
Facebook www.facebook.com/kurzetexte
Instagram @kurze_khm_anthologie

KURZE 4

Vierte Anthologie
des Literarischen Schreibens der
Kunsthochschule für Medien Köln

Inhalt

**Inhaltswarnungen: „Wenn life..." Trauma durch sexualisierte Gewalt / „Ohne Titel" rassistische Gewalt, Traumata durch sexualisierte Gewalt, Suizid.*

Hello World

Vervollständige das Codicht, indem du Wörter mit den entsprechenden Scrabblewerten in die Leerstellen setzt. Das Codicht verwendet die Programmiersprache Beatnik, um aus Textfragmenten Buchstaben zu generieren. Beatnik ist eine stapelorientierte esoterische Programmiersprache von Cliff L. Biffle (ca. 2001).

–
E
l
l
–
W
o
r
l
–
!

...........$_{5}$ ....$_{18}$ ....$_{12}$ ....$_{7}$ ....$_{5}$ ....$_{18}$ ....$_{12}$
...........$_{7}$ ....$_{7}$ ....$_{9}$

Sind$_{5}$ Zeichen$_{21}$ oder$_{5}$ Programmierkenntnisse$_{32}$ somit$_{7}$ Texte$_{12}$,
wenn$_{7}$ Entscheidungsfindungen$_{34}$ statt$_{5}$ in$_{2}$ Zusammenhang$_{29}$ mit$_{5}$ uns$_{3}$
in$_{2}$ einem$_{7}$ größeren$_{11}$ Kontext$_{18}$ (also$_{4}$ im$_{4}$ System$_{11}$: Material$_{10}$) stehen$_{9}$?

He$_{5}$ Hazardous$_{22}$ of$_{5}$ we$_{5}$ strong$_{7}$ follow$_{12}$ bacteria$_{12}$ walks$_{12}$ by$_{7}$ town$_{7}$ guy$_{7}$ place$_{9}$

Er$_{2}$ stand$_{6}$ neben$_{7}$ mir$_{5}$,
sprach$_{13}$ er$_{2}$ Sätze$_{15}$, dass$_{5}$ nicht$_{10}$ von$_{6}$ mir$_{5}$ versteht$_{14}$ wurden$_{10}$.
Bis$_{5}$ übermorgen$_{16}$, blieben$_{11}$ die$_{4}$ Sätze$_{15}$ mir$_{5}$ im$_{4}$ Gedächtnis$_{18}$.
Fünf$_{11}$ verschiedene$_{21}$ Grammatiken$_{20}$, verwendente$_{18}$ er$_{2}$.
Schritt$_{12}$ für$_{7}$ Schritt$_{12}$. Ohne$_{7}$ jede$_{12}$ vernünftige$_{19}$ Struktur$_{12}$, gabe$_{7}$ er$_{2}$ mir$_{5}$.
Farbe$_{10}$, dass$_{5}$ niemand$_{10}$ viel$_{7}$ findet$_{10}$, wurde$_{9}$ gezeigt$_{18}$.

...........$_{5}$ ....$_{23}$ ....$_{5}$ ....$_{22}$ ....$_{7}$ ....$_{12}$ ....$_{7}$ ....$_{5}$
...........$_{21}$ ....$_{7}$ ....$_{9}$

Aus$_{3}$ der$_{4}$ und$_{4}$ die$_{4}$
Alle$_{4}$ in$_{2}$ alt$_{3}$
Und$_{4}$ das$_{4}$ land$_{5}$ schiß$_{11}$
Sang$_{5}$ der$_{4}$ haß$_{7}$ der$_{4}$ flöhe$_{12}$ für$_{7}$ die$_{4}$ hysterischen$_{23}$ und$_{4}$ ausgeschlossenen$_{22}$ frauen$_{9}$

Of$_{5}$ neighborhood$_{22}$ reputation$_{12}$:
Doubted$_{11}$ empty$_{12}$ buses'$_{7}$ land$_{5}$ / A$_{1}$ very$_{10}$ cold$_{7}$ girl$_{5}$ / Taxi$_{11}$ of$_{5}$ attempt$_{11}$
By$_{7}$ Paris'$_{7}$ gestures$_{9}$

Man$_{5}$ sagt$_{5}$, dass$_{5}$ alle$_{4}$ Übersetzungen$_{26}$ nur$_{3}$ für$_{7}$ den$_{4}$ Leser$_{5}$ sind$_{5}$. Werke$_{12}$ dienen$_{7}$ nur$_{3}$ der$_{4}$ Hörerschaft$_{23}$, oder$_{5}$? Es$_{2}$ gibt$_{7}$ Werke$_{12}$, die$_{4}$ dienen$_{7}$. Es$_{2}$ gibt$_{7}$ überdies$_{12}$ Leben$_{7}$ – das$_{4}$ doppelsinnige$_{19}$ Dichterische$_{23}$ oder$_{5}$ geheimnisvolle$_{23}$ Bild$_{7}$. Es$_{2}$ gilt$_{5}$: Wesentliche$_{19}$ Übersetzer$_{22}$, das$_{4}$ sind$_{5}$ Dichter$_{13}$. Genug$_{7}$ für$_{7}$ den$_{4}$ Augenblick$_{19}$, oder$_{5}$ nicht$_{10}$? Darauf$_{10}$: translate$_{9}$

Sing$_{5}$ walfisch$_{19}$! Vorhin$_{12}$ loesten$_{7}$ anderswo$_{12}$ dicke$_{12}$ boote$_{7}$ ihre$_{7}$ anker$_{9}$.

Man$_{5}$ sagt$_{5}$, dass$_{5}$ alle$_{4}$ Übersetzungen$_{26}$ nur$_{3}$ für$_{7}$ den$_{4}$ Leser$_{5}$ sind$_{5}$. Genug$_{7}$, denn$_{5}$ gegenüber$_{14}$ gibt$_{7}$ es$_{2}$ eines$_{5}$ Dichtung$_{15}$. Tongue$_{7}$ teilt$_{5}$ doppelsinnig$_{18}$ tongue$_{7}$ teilt$_{5}$ mutter$_{8}$ tongue$_{7}$ macht$_{12}$ übel$_{7}$ oder$_{5}$ grundsätzlich$_{30}$ nicht$_{10}$ translate$_{9}$

...........$_{5}$ ....$_{20}$ ....$_{5}$ ....$_{5}$ ....$_{7}$ ....$_{12}$ ....$_{7}$ ....$_{5}$
...........$_{10}$ ....$_{12}$ ....$_{7}$ ....$_{7}$ ....$_{9}$

mit$_{5}$ Körperflüssigkeiten$_{35}$ verschwimmen$_{27}$ mit$_{5}$ Resilienz$_{18}$ Poren$_{7}$ mit$_{5}$ Erderwärmung$_{20}$ nicht$_{10}$ sich$_{9}$.

Lisa Roy

Höhlenlärm

Was fettig ist, ist still. Ich werde meinen Körper ölen und den Marmor des Badewannenrands. Der Sand so hoch, dass ich sein Knirschen auf den Fliesen nicht hören muss. Ich werde mich an den Frotteebezug des Klodeckels lehnen, meine Oberschenkel auf die befilzte Klobrille legen. Beinahe lautlos werde ich auf das Katzenstreu pinkeln. Kein Plätschern wird in mein Hirn donnern, kein Ton in meinen Stirnhöhlen dröhnen. Die Feuchttücher werde ich aus einer Porzellandose nehmen, es wird kein reißendes Geräusch geben, wenn ich sie aus der Jumbo-Packung ziehe, sie werden nicht unter Geschrei ihren Plastikturm verlassen, als wären sie es, die Schmerzen hätten.

„German Politician Dies in Local Cave Accident" stand in der örtlichen Zeitung als es vorbei war und sie noch immer darauf wartete, dass jemand ihren Ehemann aus dem Grab seiner Wahl befreien würde. Darunter ein Foto von ihr, wie sie konzentriert dem Feuerwehrchef zuhörte, der mit großen Bewegungen erklärte, dass sie Walter Stück für Stück befreien würden. Einfach ein Seil mit Schlaufe dran, dann ziehen. Wie wenn der Schlüssel in den Gully fällt.

Die halbe Nacht hatte sie sich im Hotel abwechselnd erbrochen und hysterisch gelacht. „Euer Bruder ist in eine Höhle gekrochen und steckengeblieben", erklärte sie ihrem Spiegelbild. „Siegmund, du warst 30 Jahre Bergmann und dein studierter Sohn ist nun unter Tage gestorben."

Wenige Stunden zuvor, im grellen Licht des Baustrahlers vor dem Höhleneingang, neben dem dumpfen Dröhnen von Maschinen und Röhren, die wie ein Intubationsschlauch in den offenen Mund der Höhle eingeführt wurden, war noch alles okay. Nicht gut, aber okay, wie wenn das Kind für einen Augenblick im Supermarkt verschwindet. Die Sicherheit, sich in einer normalen Situation zu befinden, die sich in wenigen Augenblicken in Nichts auflösen würde.

Erst nach zwei Stunden setzte Panik ein. Vielleicht war das hier der eine von einer Million Fällen, wo das Kind nicht kurz bei den Süßigkeiten stehen geblieben war, sondern vom namenlosen Fremden in ein Auto gezogen wurde.

Von unten ein Schaben, ein Schleifen, dann ein Kopf. Wie ein Wolfskind kroch die Frau auf allen Vieren mit verschmutzten Händen und dreckigem Gesicht aus dem Loch und schüttelte den Kopf in Richtung des Feuerwehrchefs.
„Can't reach him. Too tight."

„Was für ein Arschloch", sagte sie laut und zum Glück auf Deutsch.
Was für ein Arschloch, sich in einen Gang zu zwängen, in den selbst diese dünne 20jährige nicht passte.

Das war der Moment in dem es begann, wird sie später behaupten. Das Rattern der Motoren, das Schaben der Schläuche über den trockenen Boden, das Surren von Generatoren und Knacken der Walkie-Talkies. In Wirklichkeit begann es Monate vorher, aber das wissen nur Walter und sie. Erst dachte sie, es läge an ihm. Am Abend vor der Wahlparty: Leiser Techno rieselte aus der oberen Wohnung auf sie herab, von unten das Geschrei eines Neugeborenen, seine Stimme war plötzlich kaum auszuhalten.

Gepresst, laut, konzentriert – als hätte er mit einer dünnen hohlen Nadel durch ihr Ohr in den Gehörgang gestochen, die Nadel weiter geschoben und ihr seine Stimme direkt ins Hirn gespritzt. Die Party am folgenden Abend dann unerträglich: das Klirren, die Worte und wie sie sich endlos überlappten, die Kaugeräusche, das Knistern hinter der Mikrofonstimme, das Klatschen, Absätze auf Fliesen, auch noch Musik.

Wochen später beichtete sie ihm, flüsterte ihm unter der Bettdecke zu, wie jedes Geräusch zu dem Geräusch von Nägeln auf Tafel geworden war. „Ich bin ganz Ohr, immer." Knarzend verließ er das Bett, riss die klemmende Schublade auf. „Ich meine es ernst", sagte sie und er kratzte sich an der trockenen Haut seines Unterarms, weil er nichts verstanden hatte.

„Was willst du von mir? Dass wir aufs Land ziehen? Und was mache ich da? Was?", er tippte auf seinem Smartphone herum, die Tastentöne wie Migräne. Nicht zurück zur Natur, weg von der Natur, weg von allem. Kein Rauschen, Zwitschern, Knarzen, Summen, Plätschern, Rascheln.

Sie schaute weg von ihm und auf ihr Hochzeitsfoto auf dem Nachtisch. Wir werden Zucker auf den Honig streuen, so gut wird es uns zusammen gehen, hatte er versprochen und war nun nicht mal bereit, Akustikplatten für sie anbringen zu lassen.

Walter starb kopfüber. War noch immer dort unten, konnte nicht befreit werden, selbst wenn man ihm jeden Knochen brechen würde.
Den Höhleneingang hatten sie zugemauert. Dort, wo Generationen an breit grinsenden US-Amerikanern in ihrer Kindheit durch labyrinthische Gänge gekrochen waren, durfte jetzt nur noch er stecken.

„Wir alle ziehen einen Kreis um uns und bewegen uns mit unserer Aufmerksamkeit in diesem Kreis, oder?“, hatte sie zu ihm gesagt bei ihrem letzten Frühstück im Bett, weil sie das Geklapper des Speisesaals nicht ertrug. „Anders kann man nicht leben. Würde man es anders machen, man würde geflutet werden vom ständigen Zuviel. Mein Kreis ist sehr klein, aber einer in dem ich es gut aushalten kann.“ Vorsichtig hob sie die Tasse von der Untertasse, und stellte sie auf der Tischdecke des Servierwagens ab.

„Kannst du es aushalten, ja?“, rief Walter unnötig laut und sie widerstand dem Impuls, sich die Finger in die Ohren zu stecken. „Funktioniert das hier für dich?“ Er deutete auf den kleinen Löffel, um den sie eine Stoffserviette gewickelt hatte, um das Zerspringen der Eierschale nicht zu hören, zeigte auf das Fenster und die roten Hügel Utahs.
„Wir machen nur noch Urlaub in der Wüste, haben seit Monaten keine Freunde getroffen. Und du hast aufgehört zu arbeiten und Klavier zu spielen und kannst nur noch liegen und schweigen.“ Er gestikulierte Richtung Kommode auf der ihre Kosmetikartikel standen, hob sie an, zeigte auf die kleinen Filzstücke, die sie unter ihren Glasflakons befestigt hatte. „Das hier funktioniert nicht, nicht für mich, für dich auch nicht. Ich kann so nicht leben“, sagte er, zog die Schnüre seiner Funktionskleidung enger und ging ein letztes Mal aus der Tür, um eine örtliche Höhle zu erkunden.

Sie ließ Sand liefern, ließ Schaumstoff an die Wände des Badezimmers anbringen. Den Sand schüttete sie in die Wanne, verstreute ihn großzügig auf dem Boden. Das Zischen eines Feuerzeugs mit dem sie eine Vanillekerze anzündete und in das Waschbecken stellte. Das Gluckern, als sie das große Glas Rotwein einschenkte. Das Echo, als sie das Glas auf der Badewanne abstellte. Das Klacken, wenn sich die Zähne des Schlüssels in dem Schloss verhakten und die Tür verriegelten.

Was fettig war, war still. Sie ölte ihren Körper, den Marmor des Badewannenrands. Der Sand so hoch, dass sie sein Knirschen auf den Fliesen nicht hören musste. Sie lehnte sich an den Frotteebezug des Klodeckels, legte ihre Oberschenkel auf die befilzte Klobrille.

Beinahe lautlos pinkelte sie auf das Katzenstreu.
Kein Plätschern in ihrem Hirn, kein Ton in ihren Stirnhöhlen. Die Feuchttücher nahm sie aus der Porzellandose, kein reißendes Geräusch, als sie sie aus der Jumbo-Packung zog, sie verließen nicht unter Geschrei ihren Plastikturm, als wären sie es, die Schmerzen hätten.
Sie rollte die Ohrstöpsel zwischen Daumen und Zeigefinger bis sie weich wurden, schob sie in ihre Ohrmuscheln, rieb ihre Hände aneinander bis sie heiß waren und nutzte die Wärme, um die Wachsstöpsel in ihren Ohren gut zu verdichten. Sie stieg in die Wanne, legte sich auf den Sand und deckte sich mit einer schweren Decke zu. Der Rest war Schweigen.

Denys Saitov

Женщина из бетона

Огромная, голая женщина из бетона с бетоном на губах
наклонилась ко мне, задев пару елей и раздавив случайных прохожих.
Поднесла свой бантик из железного прута,
и задышала, близко-близко, прям на меня.

Изо рта запахло духами, одни что по скидке, другие в интернете купила.
Глаза ее косоглазые, я никак не пойму, куда мне смотреть.
Её грудь поднялась и опустилась.

И тут вдруг… трещина по ней поползла.
В отверстиях, как и ожидалось,
нет святого свечения или пчел медоносных.
Нет, внутри все тот же бетон.

Она полетела вниз, вся разбилась она,
и превратилась в асфальт,
в дорогу, на которой сразу заездили автомобили.
Велосипеды резиной шумят и сигналы скорых машин.

Лишь паспорт выпал из женщины той,
а в нем лишь пометка: Европа. И тут меня арестовали. За воровство.
Сижу два года я, в тюрьме европейской.
Завтрак, обед и ужин всегда вкусно и вовремя.
Есть работа здесь и профессия, и планы на будущее.

Betonfrau

Eine riesige, nackte Frau mit Beton auf ihren Lippen
lehnte sich an mich heran, rammte ein paar Fichten und
erdrückte zufällige Passanten.
Hauchte ganz nah und dicht, ganz oben auf mir.

Ihr Mund ist voll von Parfüm, einige kaufte ich ermäßigt, andere online.
Ihre Augen schielen, ich weiß nicht, wo ich hinschauen soll.
Ihre Brüste steigen und fallen.

Dann ist da plötzlich ein Riss in ihr drin.
In den Löchern, wie erwartet.
Es gibt kein heiliges Glühen oder Honigbienen. Innen ist immer
noch derselbe Beton.

Sie flog nach unten und zerfiel –
– komplett zertrümmert und zu Asphalt geworden –
in eine Straße, sofort mit Autos übersät,
Gummis der Fahrräder rascheln und Ambulanzwagen hupen.

Nur ihr Pass fiel der Frau aus der Hand:
Mit dem Zeichen von Europa darauf. Und dann wurde ich
wegen Diebstahls verhaftet.
Ich bin seit zwei Jahren in einem europäischen Gefängnis.
Frühstück-, Mittag- und Abendessen immer lecker und pünktlich.
Arbeit gibt es hier, Berufe und Pläne für die Zukunft.

Sandra Riedmair

Steine

Auf der Liste standen eintausend Kilo Innereien und zehntausend Mehlwürmer. Was für 'ne Verschwendung, und ich muss das dann holen. Mit dem eigenen Auto. Ich hätte den Zettel gerne zerrissen und geschrien, dass das doch nicht geht, alles hat Grenzen!

Doch wenn sie ehrlich war, dann verschob sie die Grenzen ja nur immer wieder. Erst kürzlich, als sie wieder warten musste, auf Mario und seine Ausreden, und sich versprochen hatte, es endlich persönlich zu nehmen. Aber sie sagte wieder nur, kein Problem, und er hat ihr gar nichts angemerkt. Eine Woche später kam Mario dann gar nicht mehr.

Ich hab's natürlich nicht laut gesagt, sondern mir nur vorgestellt, weißt du, wie in einem Film in den letzten zehn Minuten, wo irgendein Typ, meistens Hugh Grant, auf einmal verstanden hat, dass er sie liebt, und das durch ein Mikro sagen muss, und Julia Roberts ihre Karriere aufgibt, um den Rest ihres Lebens mit einem zögerlichen Buchhändler auf einer Parkbank zu verbringen.
Am nächsten Tag kamen die Krokodile. Seitdem dürfen wir das Fenster in der Kantine nicht mehr schließen, weil da jetzt ein Starkstromkabel hängt, für die LKWs, wo die Raubtiere drin leben. Und am Nachmittag wurden die alle in einen Tank gelassen, zusammen mit einem kleinen Modelmädchen.

Sie hatte den Namen vergessen oder gab vor, ihn nie gewusst zu haben. Früher, als sie noch nicht auf der anderen Seite stand, kannte sie die meisten der Kandidat*innen noch aus anderen Sendungen, die sie teils aus Faszination, teils aus Differenzialkontrast, vor allem aber aus fehlendem Zeitbewusstsein heraus verfolgte, und deren Beseitigung aus ihrem Medienkonsum irgendwann zu einem Fixpunkt an der Schwelle zum Erwachsenenalter wurde. Doch jetzt fühlte sie sich einfach zu alt, um sich die Namen, die sie manchmal nicht mal mehr als Namen erkannte, merken zu können, der Fixpunkt lag auf der Zeitachse bereits hinter ihr und verstärkte mit jedem weiteren Tag, den sie im Studio verbrachte, nur mehr ihre Chronophobie.

Die Challenge heißt: Auf der Suche nach dem versunkenen Schlüssel und verlangt, dass das Modelmädchen durch das Reptilienwasser taucht und den Schlüssel aus einer Schatzkiste birgt. Sie taucht also ab, und die Tiere schwimmen um den kleinen Körper wie Fliegen um einen Haufen Scheiße.
Und was macht sie? Fängt an zu strampeln, immer heftiger, so richtig krass, und man fragt sich, ist die dumm? Aber die hört nicht auf, schlägt um sich, bis es die Krokodile total nervös macht.
Ich sag dir, Fernsehen ist Kunst.

Sie hatte die Distanz verloren, als es mit der Selbstachtung bergab ging und sie den Vertrag unterschrieb, der sie zwang, einem minderbemittelten Jungen, anders konnte man es nicht nennen, Tag und Nacht bei der Schadensbekämpfung zu assistieren, der zu spät kam, und dann sagte, sie (beide) hätten keine Zeit, genauso wie es ihr Vater auch bei jedem Treffen zuerst sagte, und beide, Junge und Vater, verband, dass sie sich selbst als Feministen bezeichneten, weil sie täglich mit Frauen verkehrten und das nach ihrer Meinung eigentlich ganz okay lief.

Als sie fast am Boden ist, geht plötzlich Musik an, und – kein Witz – sie spielen: Der weiße Hai. Sie hat den Boden leider nie erreicht. Die Challenge war verloren und sie, natürlich, sie heult und schluchzt in die Kamera: Papa, es tut mir so leid. Und die anderen Kandidaten stehen schon da, wie Geier um den Kadaver. Gleich dürfen sie sagen, was sie schon immer über das Modelmädchen gedacht haben: Schuld sind ihre Brüste! Sie ist eine Alkoholikerin! Ich wurde aus privater Quelle vor ihr gewarnt!
Es ist schrecklich, irgendwann, bald, höre ich da auf, ja, ich muss da aufhören, eigentlich sofort. Na ja, das war's. Das war die Geschichte.

Mit dem letzten Satz verschwand sie unter der Decke und biss ihm in den Bauch.
Er zuckte zusammen, was machst du da?
Ich bin ein Krokodil! Sie knurrte komische Laute, Arme umschlangen Gliedmaßen, Fingernägel krallten sich in Haut. Du musst fragen, wo es herkommt!, rief sie und biss sich im selben Moment wieder auf die Lippen. Warum sie das jetzt machen musste, ihn in dieses Ritual aufnehmen, verstand sie selbst nicht. Sie hatte, wann war das, es muss ganz am Anfang ihrer letzten Beziehung gewesen sein, als sie noch viel gestritten hatten und nicht so gut hinausfanden, da hatten sie Tiere erfunden, um aufeinander rumturnen zu können.
Erschöpft ließ sie ihren Kopf auf seinen Bauch fallen, der zu ihrer Erleichterung nichts weiter tat, als still zu halten, gnädig wie ein Thermokissen aus Haut und weichem Flaum. Sie könnte einfach hier liegen bleiben, für immer, oder so lange, bis sie erstickte oder, und das wäre ihr gerade am

liebsten, er in den nächsten zwei, drei Minuten einfach gehen würde, ohne ihr Fragen zu stellen.

Für einen weiteren Moment verharrten sie wie ein schwerer Erdklumpen, sein Kopf an die kühle Wand gelehnt, ihrer auf seinem warmen Bauch, umhüllt von grauen Daunen. Dann griff er nach ihr und schob sie von sich hinunter. Sie würde so tun, als sei nichts geschehen, sich aufrichten und irgendwas anderes erzählen. Doch er kam ihr zuvor.
Was soll ich fragen?
Nichts, gar nichts. Ich wollte nur wissen, ob das eine gute Geschichte war.
Ach so. Er richtete seine Boxershorts und blickte angestrengt an die Wand, ja, ganz lustig, aber was daran ist eine Geschichte?
Als er es aussprach, wurde ihm kurz heiß. Er wollte schlagfertig sein und wartete auf ihre Reaktion, die er im Augenwinkel, so, wie er noch immer noch an die Wand starrte, nicht sehen konnte. Es war ihm gestern schon aufgefallen, etwas in der dünnen Sphäre zwischen ihm und ihr verhinderte, dass er ihr zuhören konnte. Er suchte nach einem Wort, um daran anknüpfen, irgendeins, sie hatte doch so viel gesprochen. Vielleicht war es auch etwas Neurologisches, etwas, wofür er nichts konnte, eine dissoziative Störung, eine Allergie gegen schnelle Sprache, sollte er sich mal in den Kopf schauen lassen?, oder lag es womöglich an ihr, Mäuse können ja angeblich Töne hören, die den Menschen nicht erreichen, vielleicht war es bei ihr auch so, er verkniff sich ein Lächeln und sah hinüber. Seine Gedanken waren nach dem weißen Hai zu ihrer toten Pflanze auf dem Schrank gewandert und bei dem Entschluss gelandet, sich erstmal nicht mehr zu rasieren. Es war nur noch Rauschen, lautes euphorisches Rauschen, das nicht zu ihm vordrang. Ihr Plappern war wie der Fernseher seiner Nachbarn gegenüber. Er lief den ganzen Tag und manchmal auch nachts.
Würde man ihn warnen? Wenn er auch einmal so da sitzen würde, vor dem laufenden Gerät, mit einem Menschen an seiner Sofaseite.
Ein menschliches Gewicht, das er nur noch brauchte, damit er auf seiner Seite nicht zu tief einsank. Steine auf dem Sofa. So könnte man ein Lied nennen. Da hatte er doch kürzlich einen Artikel gelesen. Steine sind keine Substantive, was für ein Satz, er könnte ihn zitieren, vielleicht würde sie das beeindruckten. Wie lenkte man ein Gespräch elegant auf Steine?
Er sah sich im Zimmer um, welcher Steintyp könnte sie sein, Rosenquarz vielleicht, oder Bernstein, er kannte mal eine, die sammelte Bernsteine und bastelte sich Ketten daraus. Aber so eine war sie nicht. Vielleicht doch eher ein Kieselstein. Wieder sah er zu ihr rüber. Ich mach mal Kaffee.
Sie schlug die Bettdecke energisch um und zog sich einen langen Pullover über, der ihren Po nur zur Hälfte verdeckte. Ein alter Trick, doch jetzt erwartete sie nichts. Warum war er überhaupt mitgekommen, nur weil sie beide mal ein Auslandssemester in Valencia gemacht hatten. Das übliche

Namedropping hatte sich nicht vermeiden lassen, über Stunden waren sie die Stadt abgewandert auf der Suche nach gemeinsamen Leuten. Sie kannte ein paar vom Sehen, im Negrito hatte sie selten abgehangen, überhaupt ging sie lieber tanzen. Am Ende hatten sie dann doch noch eine Bar gefunden, in der sie beide im August 2016 gewesen sein mussten und sie phantasierten, ob sie sich damals gemocht hätten. Das ist keine Geschichte, was weiß er schon, denkt er, ich mache das freiwillig. Kann ja nicht jeder – sie schrie schon wieder. Sie musste sich endlich bei diesem Schreichor anmelden oder mal in den Wald gehen und auf einen Baum einschlagen.

Sie seufzte einmal tief und ein wenig zu laut. Alles okay?, rief er um die Ecke, ja, alles, es gibt keinen Kaffee mehr, ich geh schnell.
Hektisch zog sie sich eine Jeans an, schade eigentlich, er bemerkte, dass er davon ausgegangen war, dass sie noch einmal zurück ins Bett kommen würde, ein Gedanke, der ihn überraschte, aber Kaffe, war das nicht etwas zu klassisch?
Sie lief im Zimmer herum. Am liebsten würde er sie anhalten und später, wenn er sich ein wenig gesammelt hätte, an eine andere Stelle spulen. Was sie wohl suchte, auf dem Boden lagen lauter Dinge, die er nicht recht verstand – regnete es etwa? Er wollte doch heute noch Sport machen.
Sie hob etwas vom Boden auf, die letzten Münzen. Sie musste noch die Mehlwürmer besorgen, zur Tube an den Hansaring, Knetmasse und Moos, es war überteuert, aber zu Boesner schaffte sie es heute nicht. Warum geht er nicht, liegt da und bewegt sich nicht. Hat der kein Zuhause? Sie zählte die Münzen, in anderen Hosen waren sicher noch welche, aber wenn sie jetzt noch länger suchte, würde er fragen, was sie suchte, und was sollte sie dann sagen. Dass sie kein Geld hatte für den Kaffe, den sie nur kaufen wollte, damit sie aus der Wohnung kam. Dann lieber zu Netto.
Als sie die Tür hinter sich zugeschlagen hatte, ging er die Nacht noch einmal durch, er könnte jetzt zwar gehen, aber aus einem unerklärlichen Grund tat er es nicht. Was wusste er schon über sie, außer, dass sie ein paar gemeinsame Leute aus Valencia kannten, keine bedeutenden, und dass es ihr eine Zeitlang wohl nicht so gut ging. Er hatte es überhört, weil er, wenn er darüber nachdachte, es wohl schon zu oft gehört hatte. Der Satz war ihm auf eine selbstverständliche Weise vertraut und zugleich völlig unverständlich. Wenn er doch mal nachgefragt hatte, dann war es oft falsch gewesen, wie er die Worte betonte, oder versehentlich kurz den Blickkontakt unterbrach. Als ob er bereits beim ersten Gespräch den Moment verpasst hätte. Umso öfter er an den Satz dachte, desto rätselhafter schien er ihm. Wie Häuser in Straßen, durch die er täglich ging, die er glaubte, noch nie gesehen zu haben, Dächer, die er nur wahrnahm, weil die Sonne anders stand.
Vielleicht fühlte er sich ihr gerade näher als in den letzten achtzehn Stunden.

In der ganzen Erdgeschichte waren die Bewegungen und Ereignisse so verlaufen, dass er jetzt hier gelandet war, in diesem Bett, mit dieser Frau, die er nicht kannte, aber zunehmend mochte. Unglaublich banal, aber unglaublich.
Sie war immer noch nicht wieder gekommen, und langsam vermutete er, dass es etwas mit seiner Reglosigkeit zu tun haben musste. Jetzt war er bereit aufzustehen. Und als er gerade beide Füße auf den Boden gesetzt hatte, hörte er sie schon im Treppenhaus.

Ich habe Sekt mitgebracht, keinen Kaffee, ich dachte wir trinken den, aber jetzt kann ich nicht mehr. Der Fäkalienexperte hat angerufen, Menschenscheiße, sorry, es passt eben gerade nicht, aber schön war's.
Sie kam zurück mit einem riesigen Rucksack und nahm ihm die Flasche wieder ab. Willst du etwa hier bleiben?
Er bemerkte, dass er immer noch in Unterhose vor ihr stand. Nein, sagte er kurz und griff nach seinem Schuh. Ihr Blick wanderte an ihm hinunter, als wollte sie sich noch einmal vergewissern, mit was sie es hier zu tun hatte, sie sprach schon wieder irgendwas. Hallo? Er war wieder ins Zimmer gelaufen, hatte sich die Hose und alles andere angezogen. Schon wieder eine, die nicht zurecht kam, warum traf er nicht mal eine, wo es anders war, wo er zuhören konnte und Worte fand, ja, wo es leicht fiel. Es war ihm einfach alles zu viel, erst so, dann so, er würde jetzt gehen, ihr sagen, dass es schön war. Mehr brauchte es nicht, es war nur eine Nacht gewesen.
Sie stand immer noch im Flur und wartete, sah an die Wand zu einer Fliege, die sich in der abgelösten Tapete verklebt hatte und vor sich hin zuckte. Vielleicht sollte sie einfach gehen, diese Warterei machte sie fertig, nie wartete man auf sie, immer war es andersherum, als lebte sie in einer anderen Zeitdimension. Sie dachte an einen Artikel über Steine, den sie letztens gelesen hatte, Steine sind keine Substantive, stand da, Jahrtausende überlebten sie uns und alle anderen, speicherten, was wir hinterließen, immer waren sie schon da, und würden bleiben, wenn wir gingen. Und in der Zwischenzeit wühlte sie in Scheiße. Sie nahm den Sekt und ging ins Schlafzimmer. Dort saß er auf ihrem Bett, und sah ins Leere. Sie setzte sich neben ihn, doch sie wollte nicht sprechen, lehnte ihren Kopf nur an seine Schulter. Tut mir Leid, sagte er, ich war in Gedanken.

Rebecca Beauchamp

Ode 2
Moiré Pattern:

Yes I have taken the red pill: swallow
This shuriken whorl each blade dabbed in cream cheese

The fabric of my throat's plastic cosine
Unnerved by frantic spinning: a spider, a little

manicured hand. The blade under each French tip
ready to strike like an X-man. A fairy preserved

in amber in a syringe. A fly inside a tungsten
bulb hissing. My brain turning potroast

underneath a faraday cage. Ground hum? I fear you.
My bitrate's churning, shitting artefacts.

And to the million other
flutelike things on my list I say: get used to it. I haven't

heard my own voice in weeks. If a pill
can be a tuft of knives a vaccine can be a sound.

Let my dumb glossolalia be the unleashing of disease.

Anticore Blast:

Dear Robert Rich, I hate drones,
so don't even think about it. Dear Oppenheimer: eff u.

I'm discrete as quail yolks flailing in a wok. Fall asleep
to the sound of rain fingering a tin can?

As if. I can't stop laughing.
Only after being pummelled are bevels made smooth–

A crown of bayonets leering a clump of dough
into submission. Shine your helmet, little needle,

oil your chariot: Thunderdome awaits.
At its rim this choir of pores humming minor triad,

lips pursed like a guppy, pipes of blood
in Blade Runner neon underneath, this country

maze of vessels. Lions suck at their fangs
and bear guts rumble like 808s lost in silicone

but you are heroic & quiet & longing. All of a sudden
I am not sick. Pure hormone, pure the octave

between waist and hip, death and sleep.
Forgive me for shirking white noise, box fan & tree frog,

this tuneless miasma of wind. I want cantata, Stravinsky,
Merzbow, techno: With a pickaxe I find a vein.

Chatelaine:

after Severian & Thecla in Gene Wolfe's Shadow & Claw

My heart is enlarged, it is beefsteak

& in your cell you are so tiny
a smudge of paint on a paper tiger

So I will bury the key in a roll of sweetbread:
what is Urth if not a slab of brack

bedazzled in stars, raisins, pebbles –
Freckles on an amputated cheek
set like a diamond in gobs of mallow & ice

Sugar on wet cardboard
A pardine tumor

Were this severed hand yours I would kiss it
& make reticent the schoolboy in me

who'd sooner of all this crisp taffeta,
this vantablack, this jaw of fauna make a crime scene

Were it mine I'd dissect it
Though I've only rose stems for lancets
Between marrow & phalange find
this thing that makes me hurt & do hurt

& wince at three legged dogs, their asymmetry
And uproot it like stray hairs making splayed bats' wings of eyebrows
Or of the face, a whole crucifix

It's always this puckered torsion
Always the buildup of platelets at the axis
Always fur & bone & the winking of holes

I can't take it. Goddess
when you are pardoned don't thank me:

Thank instead my inversion
A secret furloughed by a quarrel of blood

Ella Kühn

AN EINEM (*)-TAG GINGEN
WIR ALLE DEN BERG HOCH.
* HERBST/ SOMMER/ FRÜHLING/ WINTER

AN EINEM (*)-TAG WOLLTEN
WIR EINANDER BERÜHREN.

AN EINEM (*)-TAG
WAREN WIR ALLE STRENG
(STILL)

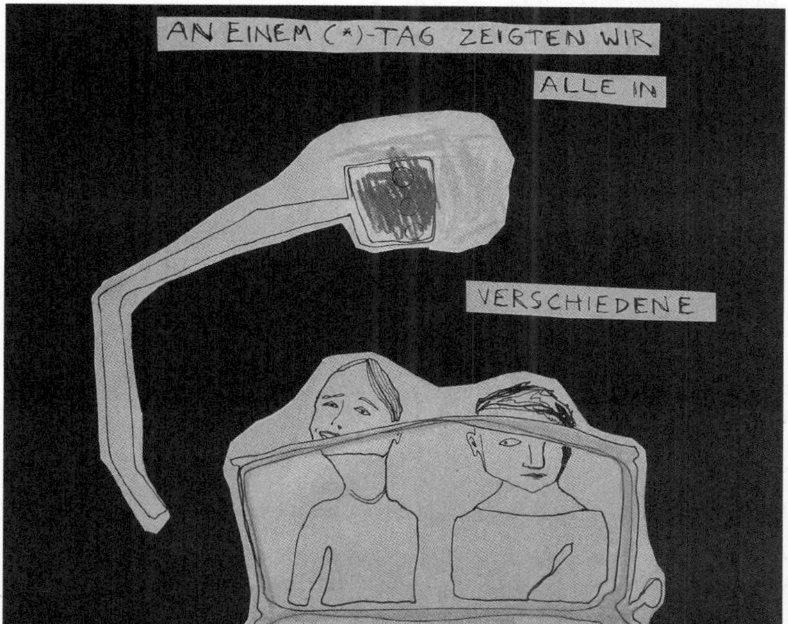
AN EINEM (*)-TAG ZEIGTEN WIR
ALLE IN
VERSCHIEDENE
RICHTUNGEN.

Tobias Schulenburg

ein Jahr

Im Januar war er überfordert gewesen: zu viele Verpflichtungen, dazu ein gebrochenes Herz. Naja. Wenigstens hatte er um die Jahreswende doch noch jemanden kennen gelernt. Anna lachte ihn ein wenig aus, als er ihr morgens um sechs – als die beiden bemerkten, dass es schon sechs war – Cornflakes anbieten wollte. Er war über dreißig und schlief auf einer Matratze ohne Bettgestell. Anna ging. Er wurde irgendwann zurückhaltender in seinen Nachrichten.

Freunde luden ihn in Kneipen ein. Die Kneipen wurden von alten Leuten geführt, der Korn kostete dort nie mehr als eins fünfzig, man ging jetzt also da hin, wo man möglichst wenig Leute traf, die waren, wie man selber war. Er spielte Playstation. An seinem Geburtstag im März war er in einem Café mit seiner besten Freundin, sie schauten den Tag lang vorbeigehenden Leuten hinterher. Er besuchte einen seiner jüngeren Brüder in einer anderen Stadt, sie aßen Imbiss-Pommes. Dann begannen die Leute zuhause zu bleiben.

Im April fing er das Sich-zuhause-Schminken wieder an und machte Fotos davon. Er erschrak sich, auf dem Weg ins Bad oder beim Stehen an der Küchenzeile. Ostermontag regnete es.

Als er seine Großmutter das letzte Mal sah, wollte sie unbedingt Pommes haben, zusätzlich zum Kuchen. Es wurden welche bestellt, seine Oma aß mit der Styroporbox im Schoß. Das war bei einer Familienfeier im Mai gewesen, zum zweiten Geburtstag seiner Nichte Rose. Rose war wild und wie immer das Zentrum der Aufmerksamkeit und fing im Laufe des Nachmittages an, ihr gesamtes Spielzeug herzutragen und auf ihm abzulegen, wohl als Zeichen ihrer Zuneigung. Er mochte das.

Wenn er eine Parabel schreiben würde, ginge sie so:
Während Sie mit ihm redete, befühlte Sie die Pickel auf ihrer Nase und an den Schläfen. Er bot ihr einen Kamm an, Sie lehnte ab. Daraufhin

stieg Er in sein Auto und fuhr davon. Sie lachte und weinte. Das tat Er auch. Dann wurde ein Fußballspiel im Fernsehen übertragen.

Er schoss noch mehr Fotos und lud einige hoch. Es schrieben ihm Männer, meistens wollten sie ihn auf die eine oder andere Art und Weise anspritzen. Im Sommer nahm er Urlaubstage. Es lief nicht so richtig. Auf den neuen Fotos sah er müde aus, er spielte stattdessen Playstation. Er ging häufig zu einem Friedhof nahe dem Bundeswehrgelände. Dort gab es eine im Kreis angelegte Gefallenen-Gedenkstätte. Sie bestand aus kniehohen Kreuzen auf einer zur Mitte herabfallenden Wiese und war außen gesäumt von Kiefern. Am Rand des Kreises saß er auf der einzigen Bank und las. Einmal legte er ein ganzes zerdrücktes Stück Neapolitaner Waffel vor sich hin um zu sehen, wie schnell die Ameisen es forttragen konnten. Es war mehr oder weniger beachtlich. Natürlich kamen nach einer Weile auch die Wespen. Auf dem Areal für die im Ersten Weltkrieg gefallenen italienischen Soldaten versuchte er eine Zeichnung von einem Baum, sie misslang. Er ging ab und zu sonnenbaden. Er ging weiter viel spazieren. Sein Gewicht nahm zu, es machte fast nichts. Etwas früher im Sommer war er eines Nachts mit Melda in der Stadt unterwegs gewesen, sie waren beide betrunken, und in seiner Erinnerung standen sie irgendwann in einer Gruppe City-Leute und einer der Typen fuchtelte ihm aufgebracht mit einem Bündel Geldscheine im Gesicht herum – anscheinend, um ihm etwas zu beweisen, was, war allerdings unklar. Melda erzählte es ihm einige Wochen später, als das Gespräch mal darauf kam, die Typen hatten gefragt, für wie viel er okay damit wäre, wenn Melda ihnen einen blasen würde. In der besprochenen Nacht selber hatte alles wieder halbwegs normal geschienen: Sie hatten dichtgedrängt um Kioske und vor Kneipen gestanden, fremden Leute für ein paar Minuten Gesellschaft geleistet, zufällig Bekannte getroffen.

Noch ein Ereignis aus dem früheren Sommer: Raphael und er saßen am Flussufer der anderen Stadtseite, die Sonne war gerade untergegangen und vor ihnen, auf der Promenade, fuhr eine Gruppe Longboarder auf und ab. Eine junge Frau stieß dazu und begann beim Auf- und Abfahren zu tanzen – anscheinend war das so ein Ding, dass man auf dieser Art Board auch tanzend herumfahren konnte, gleitend, immer wieder auf- und abspringend. Raphael und er sagten eine Weile nichts und schauten ihr zu. Ein Insekt biss ihm beim Zuschauen in den Zeigefinger, er bemerkte es erst auf dem Nachhauseweg. Bis zum nächsten Tag war der Finger fast aufs Doppelte angeschwollen, er musste zum Arzt.
Einige Wochen später zog Raphael weg aus der Stadt, zum zweiten Mal innerhalb eines Jahres. Sie verbrachten den Abschiedsabend auf demselben Mauerstück und hofften, dass die Longboarderin vielleicht wieder auftauchen würde.

Wenn er eine Parabel schreiben würde, ginge sie so:
Das Flugzeug hatte einen Sichtfeldausfall, unten auf der Erde machten die Komödianten noch Witze über die an Bord gereichten Erdnüsse, wieder andere Komödianten machten sich aber schon über die Komödianten lustig, die das noch lustig fanden, mit den Erdnüssen.

Der Herbst kam und er war kurz mal ein bisschen verliebt, in die Zahnarzthelferin, die bei ihm die Parodontose Vorsorge einleitete. Mit der Bahn fuhr er zu Ikea, wählte im Restaurant Köttbullar. Eine Gruppe Teenagerinnen mit Hijabs kam an seinem Tisch vorbei und hatte eine Menge Spaß und dieses Bild behielt er in Erinnerung. Auf dem Rückweg zu Fuß wurde er an der JVA von einem Hund für einen Stück des Weges angebellt, er wusste nicht, wann er das letzte Mal so eine Angst gehabt hatte – doch, als der Strom in einer Nacht im Sommer plötzlich ausgefallen war und er aus seinem völlig dunklen Zimmer in die völlig dunkle Straße schaute und das einzige, was er in diesem Moment hatte erkennen können, war ein Stück etwas weniger dunkler Himmel hinter den gegenüberliegenden Häuser-Silhouetten gewesen. Seine beste Freundin hatte Geburtstag. Sie feierten bei ihr und ihrem Freund zuhause, die Töchter des Freundes waren auch da. Igor, der kleine Hund der jüngeren Tochter, wollte den Abend lang, wie so häufig, sein Bein begatten. Es gefiel ihm. Kurz darauf fuhr er mit Manuel ins größte Einkaufszentrum Europas. Manuel hatte ihm eine SMS geschrieben mit einem Nietzsche-Zitat. In diesem hieß es, es fehle den Menschen an Landpartien. Auf dem Weg schien alles sehr herbstlich im Dickicht hinter der Autobahn. Sie aßen auf dem Weg bei Burger King, jeder dank Coupons (von Kurt) zwei Burger zum Preis von einem. Angekommen im Einkaufszentrum, liefen sie bis kurz vor Ladenschluss alles immer wieder auf und ab, es war beeindruckend. Sie bewunderten die Werbung mit Bastian Schweinsteiger und Ana Ivanović bei Kaufhof und fanden sich kurz darauf in der Miederabteilung wieder, entschieden sich dann für Mozartkugeln. Auf dem Rückweg leuchtete ihnen das übermenschlich-proportionierte Logo eines Chemiekonzerns für eine Weile den Weg.

Fast Dezember, er spielte weiter PlayStation, wurde aber immer genervter von seinen Online-Mitspielern. Er fuhr nochmal raus mit Manuel, sie besichtigten eine Replik der Freiheitsstatue auf einem Kreisverkehr. Danach spazierten sie zwischen Familien und Pärchen in einem renaturierten Tagebau umher. Sein älterer Bruder rief wegen Weihnachtsgeschenken an, da standen sie gerade an einem See.

Wenn er eine Parabel schreiben würde, ginge sie so:
Eine Spinne verirrte sich in eine Bratpfanne. Sie bemerkte, dass es heißer wurde, sie bekam Angst. Die Pfannenwände waren steil, sie kam kaum

hoch, auf den letzten Zentimetern drohte sie erneut in die nun zischende Pfanne herab zu rutschen – sie versengte sich schon leicht ihr Hinterteil -, da kamen zwei Finger und halfen ihr aus der Pfanne heraus. Die Spinne war völlig fertig mit den Nerven. Nach einer Weile bedankte sie sich aber bei ihrem Helfer, es war ein Mensch. Sie befanden sich in einem Kaufhaus. Sie wusste nicht, warum in Kaufhäusern Bratpfannen erhitzt wurden, eigentlich war hier doch alles nur zur Anschauung. Ihr ging das gehörig auf den Zeiger, dauernd in Lebensgefahr zu sein, in der Menschenwelt. Also stellte sie sich auf und begann, für eine gerechtere Welt zu protestieren. Da es sich um einen Traum handelte, hörten ihr die vorbeikommenden Menschen auch zu. Bald predigte sie die gerechtere Welt von einem riesigen Netz aus, das sich im Atrium des Kaufhauses über alle acht Etagen spannte. Die Leute mochten sie und gaben ihr kleine Geschenke ins Netz. Die Spinne gab den Leuten dafür neue Namen, die wahrer waren, als die, die sie bei ihrer Geburt erhalten hatten. Mit jedem Geschenk wuchs die Spinne ein Stück. Ihr Retter, mittlerweile hatte auch er zwei Namen, lag gerne mit ihr in ihrem Netz herum. Die beiden mochten sich sehr, als Freunde und auch anderswie. War man ein regelmäßiger Besuches des Kaufhauses und achtet durchgehender auf die Gespräche der beiden, während man zum Beispiel auf den Atrium-Rolltreppen am Netz vorabeifuhr, konnte man bemerken, dass sie sich oft tagelang, wie eine Neckerei, zu fragen schienen, wer von ihnen sich denn nun eigentlich im Traum des oder der anderen befände.

Weihnachten kam und ging. Er spielte Duplo mit Rose und Rommé mit den Erwachsenen. Vorher starb noch seine Oma und seine Schwägerin sang auf der Beerdigung. Und dann schlief er in der Nacht vor Silvester doch noch und zum ersten Mal in diesem Jahr in einem fremden Bett, mit Mira. Sie hatten sich zufällig bei Charlie kennen gelernt, schließlich in Charlies Gästebett ein bisschen gekuschelt und dann geschlafen und geschnarcht und sich am nächsten Morgen gegenseitig Youtube-Videos gezeigt. Sie waren beide verkatert, auch sie war über dreißig. Sie tauschten keine Nummern aus und umarmten sich zum Abschied. Sie hatte ihn, in der Nacht davor, irgendwann einfach angefangen darauf anzusprechen, dass er ja schon sehr müde aussehe und langsam mal mit ihr schlafen gehen müsse. Er hatte das sehr charmant gefunden und sich dann ausversehen vorm Zubettgehen noch selber angepinkelt, aber es war halb so schlimm gewesen, das meiste war in Charlies Duschvorleger gelandet.
Er ging am frühen Nachmittag wieder und legte sich zuhause auf seine eigene Matratze ohne Bettgestell. Als er aufwachte, war es schon Silvesterabend. Bei seiner besten Freundin zündeten sie zusammen Knaller aus dem Vorjahr im Wendehammer, der Freund der Freundin und die jüngste Tochter des Freundes schauten vom Küchenfenster aus zu. Dann war das Jahr vorbei und sie umarmten sich.

Josephine Güntner

blind

Den Draht rotglühend in der Linken. Der Kopf will zucken. Meine Hände ruhig. Der Draht dringt tiefer in das bewimperte Braun. Durchbohrt die oberen Schichten. Leises Platzen der Augenhaut. Tropfen fallen weich. Der Schmerzenston macht mich zittern. Die Hand hält inne. Dreht den Draht ein letztes Mal, zieht ihn aus der Höhle. Zurück bleibt roh; Leere. Andere Seite. Das Auge weit aufgerissen. Wieder frei schwankt der Körper auf dem Grün. Orientierungslos. Der Kopf dreht sich nach dem Licht. Kann nicht sehen. Am Wangenfell kleben Reste der gestockten Masse. Schmutziger Eischnee.
Fällt.

Im Zimmer: Sie. Fühlbar. In der Wohnung. Im Raum. Fingerzucken. Leere im Bauch. Ich rieche sie. Immer. An ihren Händen Spuren von Kreuzkümmel, Knoblauch, Zitronensaft. Flaschen vor der Tür. Unsere Münder voll Schweigen.

Ihre Haare band ich mit Gummiringen. Sie rissen, wenn der Wind schlecht stand. Die Wände malten wir bunt. Ich rechnete mit Fingern. Wir tanzten barfuß auf dem Kies. Sie strich Salbe auf Füße.
Im Mund, Milch mit Leberwurst. Manchmal nahmen wir das Rad, sausten am Grün vorbei.
Ich möchte die Tiere anfassen.
Welche Sorte?
Die bleiben unter sich.
Vanille oder Wacholder.
Wie wir.
Niemand will einfach angefasst werden.
Wir fuhren ohne anzuhalten, mit offenen Mänteln. Auf dem Körper: rote Punkte. Wir aßen mit unseren Händen, rissen Brot; ich verschluckte mich an Krumen und ihren Geschichten. Sie legte Decken über mich.
Sie lachte. Weinte später. Ich wusste nicht, wann sie gefährlicher war.
Ich kratzte Bauch und Arme blutig.

Der Teppich schluckt Geräusche. In der Kiste unter dem Bett ist das Werkzeug verwahrt. Ich säubere den Draht. Schiebe die

Kiste zurück, bis sie an die Rückwand stößt. Die Stimmen des Apparats dringen nach oben, durch das fleckige Laminat, durch die Zimmertür ohne Schlüssel. Sie sitzt vor dem funkelnden Blau. Eins mit den Polstern. Ihre Arme schlaff. Der Rest. Wovon? Zu schwer um ihn aufzuheben. Ich decke sie zu. Ihre Hände kalt. *Ihr* Körper weich. An den Wänden, schwarzer Staub. Pilze wachsen auf Tellern, wohnen in Tassen. Die Maschine spült nicht mehr. Brotkanten durchziehen aufgedunsen das Wasser. Ich sammle Krumen von *ihrem* Pullover. Wische *ihr* Flüssigkeit vom Mund. Kaltes Tuch auf geröteter Haut. *Ihr* Atem brennt in der Nase, *ihre* Hand auf meiner Wange. Trüber Blick. Blanke Augen. Haut ohne Haare. Auf dem Bildschirm stummgeschaltete Münder.

Sie hing Decken über den Spiegel im Flur, den im Bad sprühte sie blind.
Wollen wir tanzen?
Der Boden klebt.
Über manches muss man hinwegsehen.
Bekomme ich einen Hund?
Die CD ist durchgebrochen.
Oder Hasen?
Warst du das?
Die Spülmaschine ist auch kaputt.

Sie bleckt die Zähne. Ich streiche über den verhangenen Spiegel. Fühle den Stoff unter meinen Fingern. Ich darf nicht an früher denken.

Das Auge starrt, schwillt an. Weiß schiebt sich in das Braun. Die Hand hält den Draht. Die andere auf das Fell gepresst. Der Finger betastet das Augenfleisch. Der Draht, von Daumen, Zeige- und Mittelfinger getrieben, taucht ein. Einmal. Zweimal. Dreimal. Dann: Drehbewegungen. Wieder fallen weiche Tropfen. Unter den Händen zittert der Körper, drücken sich Hornschalen in den Untergrund. Dringen Schmerzenslaute aus Mäulern. Aus Einem nach dem Anderen.

Der Apparat spricht wieder, wechselt Farben und Gesichter. Sie flüstern, schreien, sagen nichts. Sie stapelt Teller, baut Tassentürme. Die Vorhänge bleiben zugezogen. Sie sieht mich an, ihre Augen alt.
Wohin?
Weg.
Kommst du wieder?
Ich bringe Joghurt mit.
Welche Sorte?
Ich gehe die Treppe hinunter. Vor der Tür riecht es nach Regen. Ich steige in den Bus, fahre am Supermarkt vorbei. Das Gras wächst weiter. Die Kühe: mager.

#Julia Nakotte

#file.read()

```
from textblob_de import TextBlobDE as TextBlob
from textblob_de import Word
from googletrans import Translator, constants
import random

file = open(„./Kurze03.txt“, „rt“, encoding = „utf-8“)
text = file.read()
file.close()

translator = Translator()

for a in range(3):
    title = translator.translate(random.choice(text.split()), dest = „en“)
    titel = translator.translate((f“{title.text}“), dest = „de“)
    print(„\033[1m“ + f“{titel.text}“ + „\033[0m“ + „\n“)

    for t in range(5):
        RandomN = random.choice([w for (w, pos) in TextBlob(text).tags if pos[1] == „N“])
        RandomV = random.choice([w for (w, pos) in TextBlob(text).tags if pos[0] == „V“])
        RandomA = random.choice([w for (w, pos) in TextBlob(text).tags if pos[0] == „J“])
        RandomAv = random.choice([w for (w, pos) in TextBlob(text).tags if pos[0] == „R“])
        RandomP = random.choice([w for (w, pos) in TextBlob(text).tags if pos[0] == „P“])

        wörter = RandomN, RandomV, RandomA, RandomAv, RandomP, „\n“
        poem = translator.translate(„ „.join(random.sample(wörter, k = 6)), dest =  „en“)
        uta = translator.translate((f“{poem.text}“), dest = „ja“)
        gedicht = translator.translate((f“{uta.text}“), dest = „de“)
        print(f“{gedicht.text}“)

 print(3*“\n“)
```

#Anmerkung: Der Code liest den Text der letzten KURZE ein. Insgesamt fünfmal werden zufällig ausgewählte Wörter erst ins Englische, dann ins Japanische und schließlich ins Deutsche übersetzt. Der Code generiert auf diese Art drei Gedichte.

Sinn

Ich bin schon voll
er
 Kein Staubwedel
Ich habe den Zähler hier gelassen
Wenn es Spaß gemacht hat, war ich es nicht
Ich bin im Garten nebenan

auf,

ich bin wunderbar
 Wo sollen wir essen
wir
 Das Signal war immer noch wahr
Also leg dich hin
 Tut dir wirklich weh
Kann von einem bestimmten sein
Sie ich habe für eine lange Zeit geleuchtet

Freunde

Sie hat sich immer noch dringend für dich entschieden
Halb erhabene Stimmung
 Fühlen Sie sich wie
Wir haben es immer Himmel genannt
Vielleicht ich
 Hielt mich voll
Endlich wieder da

Maja Mick

Python

In den Pool hatte jemand ein Glas saure Gurken ausgeleert und die schwammen verblichen an der Wasseroberfläche und drehten herum, wenn der Wind wehte. Der wehte nicht oft in diesem September und der Spätsommer machte da weiter, wo Juli und August aufgehört hatten, lockte den Flachbauten ihre weiß-gelben-Markisen aus den Kästen und schob flirrende Luft über die vertrockneten Felder. Nicht mal die Buchen im Park waren gegossen worden und standen schon im Sommer ohne Blätter da. Darunter knirschte jeder Tritt die verdorrte Erde und zerdrückte die abgefallenen Blätter wie verfrühtes Herbstlaub. Nur den zwei Kübel-Palmen auf Tirres Veranda konnte es nicht besser gehen. An der einen waren sogar Bananen gewachsen.

„Wusstest du, dass Bananenstauden nur einmal Früchte tragen und dann sterben?“ fragte ich Tirre, die ihren Liegestuhl so an die Hauswand gerückt hatte, dass ihr Oberkörper im Schatten der Markise lag und die nackten Beine in der Sonne glänzten. „Ach hör doch auf“, sagte Tirre, Locken vor den Augen. Auf ihrem weichen Bauch stand der Laptop schief. Sie tippte darauf und ich kniff meine Augen vor der Sonne zusammen. „Ist aber so“, sagte ich und sie tippte weiter.

Unter dem Laptop hatte Tirre ein hellblaues T-Shirt an. Darauf war eine Ananas, die machte ein Gesicht und in einer Sprechblase stand GET FRUITY. „Ist so mit der Palme“, sagte ich nochmal, zupfte an den kleinen grünen Bananen, die da ordentlich im Fruchtstand hingen und versuchte eine abzubrechen. „He, lass das.“ Jetzt schaute sie hoch. Jetzt brach die Banane ab. Lag klein und grün in meiner Hand. „Das ist doch scheiße.“ Tirre blickte mich entfernt an, wie man die Scherben anguckt, die jemand anderes gemacht hat.

„Ist doch nichts,“ sagte ich und hielt mir die Banane vor den Mund, dass sie für mich lächeln sollte. An meinem Rücken lief der Schweiß. „Danach stirbt die Palme sowieso, Tirre, liebe Tirre. Tirre. Tirre.“ Wenn ich Tirre dazu bringen könnte aufzustehen und zu mir zu kommen. Dann würde ich meine Hand an der Seite unter ihren Bikini schieben und ihr an den glänzenden Schenkel fassen. Ich streckte die Hand aus und tippte eine der kleinen Bananen an. Tirre kniff die Augen zusammen.

„Ich muss arbeiten“, sagte sie und ihre braunen Beine lagen schlapp herum und waren nicht zum Aufstehen gemacht. Waren dafür da zu glänzen und oben an der Hüfte vom Bikini eingedrückt zu werden. Ich knickte die Banane traurig ab. „Soll ich wirklich abhauen, Tirre?“ fragte ich und bog sie weiter und Tirre verlangsamte ihren Atem. Hielt die warme Luft aus ihrer Lunge fest. Ich ließ los und sagte: „Ich mach doch gar nichts.“
Man soll sich nicht immer so anstellen.
„Das mit den Bananen ist die Wahrheit.“ sagte ich, da war ich schon fast am nächsten Zaun. Und dann noch „GET FRUITY“. Aber ich sagte es GEETFRUUITEEY, als würde ich die Fernsehwerbung für das T-Shirt kennen, aber Tirre nicht.

Neben Tirres Bungalow stand der von Axel und Marianne. Die arbeiteten immer drinnen und ließen nur manchmal das Fenster offen und dann konnte man in ihr privates Leben reinschauen. Aber da war nichts. Kein rohes Fleisch. Sie saßen an zwei identischen Schreibtischen herum und machten OFFICE für eine Werbeagentur im IT-Support. „Wer braucht denn heutzutage noch IT-Support? Kann doch eigentlich jeder einen Computer bedienen,“ hatte ich gefragt und am Gartenzaun gerüttelt. Marianne hatte die Schultern gezuckt und gelächelt, „ach weißt du,“ erklärte sie, „bei uns in der Firma sind die meisten ein bisschen älter als du, da ist das noch nicht so selbstverständlich.“ Sie hatte blonde Haare, aber der Ansatz schob sich grau nach, „außerdem kann ja jeder mal Hilfe gebrauchen,“ fügte Axel hinzu, der am Grill stand und zwei Koteletts briet. „Meinst du nicht, die sind langsam genug gebraten?“, fragte ich, weil manche Leute so etwas nicht wissen und der Grill heiß in die Abendluft qualmte. „Anbraten nicht länger als fünf Minuten, danach nur noch indirekte Hitze. Du kannst die ganz einfach an die Seite vom Grill schieben. Mein Onkel nennt das Abschieben.“ Axel hielt sein Lächeln fest, schob aber die Koteletts nicht an die Seite vom Grill, dabei war die Kruste schon überdick. In den Kohlen rauchte der Saft. Er sagte „Also, wir mögen das so“, fragte dann noch: „oder Nanne?“, und Marianne nickte.
„Ich mein ja nur. Wenn ihr hier schon immer so viel grillt, dann könnt ihr es auch richtig machen“, rüttelte ich an dem kleinen Zaun, der die beiden von meinem Spazierweg trennte und sagte: „Der ist ja nicht sehr stabil“. Im Fundament klapperte der Pfosten.

Ein anderes Mal grillten sie Frikadellen für Hamburger und obwohl es schon früher Abend war, schabte die Hitze den Sonnenbrand auf meinen Schultern wund. Ich fragte Marianne, was der IT-Support einer Werbefirma denn so machte. „Weißt du, Nanne“, sagte ich „ich mach ja auch IT und muss programmieren, vielleicht könnt ihr mir mal ein paar Tipps geben.“ „Axel ist der Einzige, der mich Nanne nennt,“ sagte sie und zog

Tirre mit ins Haus. Die war bei Axel und Marianne zum Abendessen eingeladen und konnte mich nicht wegschicken, weil das nicht ihr Garten war, sondern der Spazierweg. Der Gartentisch war für drei gedeckt. Es gab drei Teller und drei Schüsseln mit Salat und drei aufgeschnittene Hamburgerbrötchen und Kräuterbaguette. Tirre starrte mich an und ließ sich von Marianne ins Haus ziehen und ging fast rückwärts dabei. Ich stellte mir vor, dass Axel und Marianne meine Eltern wären. Tirre könnte meine Cousine sein und ich wäre überraschend zu Besuch gekommen. Ich blickte auf Axels Hinterkopf. Die beiden wohnten in einem von den Doppel-Bungalows, die größer waren als die anderen und schmale Gärten hatten mit vertrocknetem Rollrasen. Ihre Einrichtung sah durch das Fenster genau so aus wie meine, sauber helle Farben, alles sauber helle Farben. Nur langjährige Mieter wie Tirre hatten ein paar eigene Möbel angeschafft, ansonsten wohnten wir alle in derselben Katalogseite des Freudentals:

ARBEITEN SIE MIT HIGHSPEED INTERNET IN RUHIGER UMGEBUNG. GEMÜTLICHE WOHNUNGEN IN SAUBER HELLEN FARBEN.

Den Sommer über waren mir die Zimmer zu eng geworden und immer wieder musste ich kalt duschen, weil es sogar drinnen zu heiß wurde. Meinen Computer hatte ich auf dem kleinen Schreibtisch am Fenster aufgebaut und manchmal hängte ich ein Laken drüber, weil ich mir Bildschirm und Tastatur nicht länger ansehen wollte. Dann konnte ich mich selbst da sitzen sehen. Wenn ich schon längst woanders war, blieb noch eine Delle in der Luft übrig und wenn ich daran dachte, wurde ich reisekrank. „He Axel," rief ich „wie lang bleibt ihr eigentlich hier?" Er drehte sich nicht um. Schob an seinen Frikadellen. „He Axel", rief ich nochmal und er reagierte nicht.

Ich nahm über den Zaun das Saure-Gurken-Glas vom gedeckten Tisch und schaute absichtlich nicht hoch, ob mich jemand sah. Ich griff mir noch eine volle Hand Kräuterbaguettestücke aus dem Körbchen, die waren noch warm und rieben Fett an die Finger. Eins fiel vor dem Zaun auf den Boden und als ich wegging, blieb es liegen. „He Axel", sagte ich zu mir selbst, als ich weiter ging, „He Axel, Axel, Arschloch-Axel".

Weil ich sehen wollte, ob die Gurken oben schwimmen, habe ich das Glas in den Pool geleert. Dann hab ich mich daneben gesetzt und Kräuterbaguette gegessen, mit fettigen Fingern. Da sanken nur die Senfkörner an den gekachelten Grund. Und als ich diesmal am Pool vorbeilief, schwammen die Gurken immer noch da und ich schmiss noch die kleine grüne Banane dazu und die schwamm auch.

T. I. Maria Gintrowski

Peter, Peter, Peter

Peter. – Peter. – Peter! *Ja.* PETER! *Ja, was denn.* Guck mal die da. *Wer denn.* Die da drüben. *Die beiden da.* Ja. *Was ist mit denen.* Die haben sich angefasst. *Kann nicht sein.* Doch. *Du träumst.* Nein. *Echt jetzt?* Ja. *Sich selber?* Nein, einander. *Wo denn?* Da auf der Straße. *Und wo?* An der Hand. *Richtig angefasst?* Na ja, berührt. *Mit Absicht?* Keine Ahnung. *Kennen die sich denn?* Keine Ahnung! *Sind die aus einem Haushalt?* Peter, was weiß ich! *Vielleicht Handschuhe.* Hmm. – Ich guck mal. – *Und?* Nein, keine. – *Haben die sich vorher desinfiesiert?* Das heißt desinfiziert, du Dussel. *Sag ich doch.* Hast du nicht gesagt. *Doch. Du hörst schlecht.* Ja klar, mit dem Gummi an den Ohren. – Und du nuschelst. *Ja klar, mit dem Ding über dem Mund.* – Nimms doch mal ab. *Wie, abnehmen.* Ja. *Geht das denn?* Glaub schon. *Hier so öffentlich?* Warum nicht. *Nimmst du deins dann auch ab.* Warum nicht. *Na dann los.* Du zuerst. *Nein, du.* Nein, gleichzeitig. – Sag mal „desinfiziert". *Desinfiziert.* Ist irgendwie frisch. *Meine Aussprache?* Nein, die Luft. Da kommt so ein Luftstrom aus meiner Nase. *Echt?* Ja, fühl doch mal bei dir. *Wie denn?* Halt doch mal deine Hand drunter. *Unter die Nase?* Ja. *Ins Gesicht?* Jaha. *Mit der Hand ins Gesicht fassen?* Peter! – *Stimmt. Desinfiziert. Desinfiziert. Desinfiziert. – Oh, jetzt hab ich meinen Mund dabei berührt.* Oh, wie schlimm. *Sehr witzig.* Soll ich die Polizei rufen. *Haha.* Haha. – *Flüstern würde übrigens reichen.* Wieso? *Na, dreh dich doch mal um.* Oh. Ach, die. – *Sollen wir das auch mal machen?* Was denn? *Was die gemacht haben.* Polizist werden? *Nein, die anderen da.* Du meinst anfassen? Warum nicht. Wir uns? *Warum nicht.* Gegenseitig? *Ja.* Wo denn? *Na, hier.* Mitten im Supermarkt? *Ja.* Womit denn? *Vielleicht mit der Hand?* Du meinst die Hand geben? *Ja, zum Beispiel.* – Warm. *Ja.* Schön. *Ja, total.* Hallo. *Hallo.*

Ein Schwarm grüner Papageien saust an unseren Köpfen vorbei in Richtung Südstadt, als wir zu mir nach Hause gehen, was gar nicht so weit ist, wie er gedacht hat, wie Peter meint, bevor wir uns ausziehen, alles aus, und uns überall anfassen, wo man sich anfassen kann, und all unsere Aerosole ein- und wieder ausatmen, während die Viren und Bakterien Pogo tanzen und wir am Leben sind, bis wir irgendwann gestorben sein werden.

Leonard Prandini

Andere Lokale

Sie werde ihn nicht mehr bedienen, sagte sie, und versenkte das Glas im Spülbecken. Um ihre Augen regte sich die Haut in kleinen Vibrationen. Er lächelte, verließ den Laden. Leise öffnete sich der Abend, die Straßen waren leer. Er lächelte.
In der Wohnung nahm er eine Flasche aus dem Schrank. Ein Stapel knittriger Malereien lag auf dem Tisch. Der Kopffüßler, das Haus mit Schornstein, der Tiger, der Löwe. Er drehte den Verschluss auf und trank.
Sie werde ihn nicht mehr bedienen, sie könne das nicht. Er ließ sich auf das Sofa sinken. Grau war der Himmel und der Abend still. Er lag da, schaltete nicht das Radio ein, ging nicht ans Telefon.
„Das ist ein Tiger."
„Wo?"
„Hier! Das ist ein Tiger. Und da ist noch ein Löwe, das bist du. Ich bin der Tiger."
„Und was ist das?"
Er fuhr mit der Hand die Linien ab.
„Das ist der Wald."
„Also sind wir im Wald?"
„Ja."
Er strich dem Tiger übers Fell. Er weinte.

Am nächsten Morgen öffnete er die Zeitung, trank Kaffee und aß. Tiger und Löwe standen nicht mit ihm auf, lagen zerknittert auf dem Sofa.
Kurz ließ er das Handy aufleuchten, dann legte er es mit dem Bildschirm nach unten zurück auf den Tisch. Draußen schien die Sonne.
Sie werde ihn nicht mehr bedienen, er solle nicht wiederkommen.
Er hatte gelächelt und keine Frage gestellt.
„Was machen wir denn im Wald? Jagen wir?"
„Wir spielen fangen."
Im Halbdunkel zitterte die Glut der Zigarette. Er starrte auf seine Hand, bis sie zur Ruhe kam, trank einen Schluck Kaffee, starrte wieder auf seine Hand und die Zigarette. Die Glut zitterte. Dann bediente sie ihn eben nicht mehr. Es gab noch andere Lokale.

Álvaro Parrilla Álvarez

The stupidest dog

My first memory: The smell of sour milk
and almonds on my mother's skin, as she rocked
me in her arms and sang a lullaby to me,
humming sweetly:
Oh oh oh! Sweet child of mine
Oh oh oh oh! Sweet love of mine

I may have changed the lullaby, but I don't remember that detail exactly, for a simple reason: It's not my memory. This is what a colleague from the writing workshop read under the title: "My first memory", setting off all my alarms. On one hand, the fact that I don't remember anything when I was small enough to be rocked. And, on the other hand, because his story had that aroma and shape of a common place, of No-Place, like an airport waiting room or almost any profile on Tinder.

I try to think what the first memory with my mother is. I think, think and come to the conclusion that I am not able to recover any. My mother has been as present in my life as my hands or my feet. An indivisible part of me, so it is difficult to highlight one moment over another. It's like that player who doesn't have great stats, but without whom the team wouldn't work. Yes, I just compared my mother to Gennaro Gattuso. But as Ray Loriga says: "*Memory is the stupidest dog, you throw a stick at it and it brings you anything else.*" So now I remember, when I was very young, my mother would ask my sister and me, frequently, which of the two of them we would choose in case she divorced my father. This caused us a lot of confusion and some fear that it would actually happen, no child is ready to choose between a father and a mother. Recently, I asked my mother the reason for this question, if it was because at that time she had a crisis with my father or something similar. She told me that there was never any such crisis, that she was totally happy at the time, but she was in her early twenties and very bored. Suck it, Montessori!

Going back to my oldest memories, the difficulty is not so much to describe them as to determine what they are. Some images fight in my head for the title of being the first memory. To elucidate the question and be a fair judge, I am about to do an exercise in mental archeology. Dusting off memories leads me inexorably to nostalgia, a coral reef where it is easy to run aground and drown, and as in the reconstruction of a crime, to fictionalise the gaps in the story.

In the same line as the workshop colleague, there is a Spanish writer who says he remembers the moment he was born. I don't know whether to feel envy of that prodigious memory or terror that one could recall that moment full of blood, guts and strangers who manipulate you without any consideration. Far from this kind of Borges' *Funes the Memorious*, the rest of us mortals generate memories from the age of three, when our brains develop the capacity to store them. This data allows me to establish the lower limit, that is, as far as the biological limits of my brain can reach (3 years). The only experience that I can safely date: Watching the Italia 90 World Cup on TV with my father while eating pumpkin seeds and celebrating Cameroon's goals (6 years old). Although our national selection was the Spanish team, of which I remember nothing, who could resist supporting a foreign team that every time they scored, they all celebrated together, dancing in the corner. This is my upper limit.

In the space between those two moments lies the oldest memory, which is as complicated to determine as distinguishing between babies in a premature ward or distinguishing Ukrainian women in a marriage agency catalogue. That is why I have decided to follow the Perec structure in *Je me souviens* (I remember) and I am going to list the oldest memories without dating them, with the awareness that any of them could be the champion. And I do it for several reasons: as an exercise in memory, so necessary in these times where everything is recorded in photos, videos and networks. Secondly, motivated by my envy of that workshop colleague who still remembers the smell of sour milk and almonds from his mother's skin. And third, and last, as a gesture of generosity towards my future biographers. It remains to be determined whether the reason for having biographers will be a consequence of my endeavours in the artistic realm or in the realm of serial murder.

I remember…

I remember a kindergarten, a huge space, almost without limits, where I was forced to eat macaroni and tomato and take naps. (It sounds like paradise now, but back in the day it was a place I hated).

I remember going to the cinema, but not the film, although I later found out it was Disney's *Fantasia*, which was remastered in the late '80s. My sister and I ran around the room, playing with the mechanism of the arm-chairs that returned the seat to its original position. When the screening started, both my sister and I fell asleep. My parents saw the whole movie and decided not to take us to the movies for a few years.

I remember my grandfather, who used to give me a packet of cigarettes with money in it every birthday. The cigarettes were chocolate, the money was real. Today my grandfather would face the judgement of pedagogues and psychologists. On a side note: I am 37 years old and have never been a smoker. In that memory there are also white daisies everywhere.

I remember when my father took me for the first time to the public library in my town. A not very large room, full of books, distributed in shelves and drawers, occupying all the space with little order, as if they had been the remains of an earthquake or with the provisional nature of a move. In a way, yes, it was a space made available until the construction of the new library was completed, which was only delayed for another 12 years, thanks to good municipal management. In order to borrow a couple of books, I had to get my library membership card and, for the first time, I had to sign. So I had to invent a signature, with the responsibility that comes with it. To this day, whether out of laziness or fear of constantly having to come up with a new one, I keep the same signature that I did that day. It's not a lie:

I remember the chocolate cake in the hospital cafeteria as a reward every time I had my blood drawn. I was a sick child, actually anaemic. I was iron deficient and my body did not generate red blood cells. My parents knew that when they saw me eating soil, instinctively, I was trying to make up for the lack of minerals (I can't tell you what level of vegan that puts me at). Today I am grateful to the evolution of the human brain, which prioritises good memories over bad ones, that my memory is of eating chocolate cake and not soil.

I remember the first time they took me to see Betis. I didn't understand anything. I remember celebrating a goal and eating a hot dog at half-time. As I grew older, I learned that the two most important men in my life were Betis fans and that this, somehow, unites us in a certain stoicism in the face of defeat.

I remember many other things, so faint and unconnected that they belong more to the field of the dreamed or imagined than to something already lived: a bunk where I slept underneath, a set of pretty horrible red clothes to match my sister, the idea that if a gecko spat on you you'd go bald, a bed full of cousins, my mother with a giant Mickey Mouse t-shirt, an electric train and Asterix comics, I remember....

Mariana Bártolo

Thinking out loud

The body prepares itself to speak
my thought is not always full of words

that doesn't mean
I'm not thinking
I don't think with words
I think with something else that transforms into words

then when I want
to transmit a thought the words come

This research was first triggered
by a sound piece

by Vladan Radovanovic
which
at some point says: " during the preceding pause

I thought of something it is not
recorded"

so

that made me start questioning

what would or could be
the sound of a thought
how could we hear the sound of thoughts ?

Is it the sound of the brain thinking?
and is thinking only in the brain?
in the head? I don't think so

it is in the body
and in memory
which I have no clue
where is stored

while I'm writing the thought
has already rebuilt itself several times
it's impossible to grab the immediate flux of thought
through writing.

I came across a text called "Art as Research"
and decided to create mechanisms
to trigger thought

several strategies such as
walking and speaking drawing
riding a bike and speaking
walking with eyes closed in the forest
playing instruments as a kind of tuning in

After all what is considered scientific?
What is a true research on thought?
This is a very personal research of course
I can only
understand my process

all the memories of
a place come to mind the voice in speech
the inner voice
quicker

it makes writing slower
there's always a
delay in the passage between
interior and writing
even in speaking
a sort of forgetting

I don't care about some thoughts

I choose them this yes
this no
I'm not forcing the words not
creating a river of thought
I'm letting it
be within its blank spaces

it's not only waiting it's potency in thought

or is it thought?
I heard the steps and try to describe
I'm following the narrative

the author the author of the
steps
drawing

could also take place in here
what is my voice?
mmmmmmmmmmmmmmmmmm when I speak I go
somewhere else inside the brain
using voice to wake up thought

But thinking goes
beyond word

how does it arise?
invisible
it's thought that moves us

I can't see it I can't access it

I can never be in the place of the other
what is the interior beyond the
physical body? Why do I locate
thinking inside? In the brain?
Was I taught that way?

Understanding the speed of thought

it can be influenced or free in its associations

It seems I'm not here anymore
does listening to a voice substitutes my inner voice?

Or is it because it's a voice without a body?

Thinking expands
beyond the body
there's a world beyond what I see that
ends where hearing ends

sound and smell delimit space

internal archive
how do we get there? to a certain memory?
Being born for example

the unknown time that never
comes back the first years

I don't know what for!
Is sleeping being present?

Is speaking still thinking?
Is writing still thinking?
Is drawing still thinking? Is moving still thinking?

Where do words come from?

Trying to map the thought the eyes
lose focus turn to the inside
paying attention to the mechanism

inner voice is unreachable
unreproducible
it's like I'm always late to grab it

the branches the leaves
the plane

identifying remembering being there

don't go against a tree
being afraid to go against a tree

I hear a sound that belongs to another time
a state of attention

thought being revealed
appearing on the page

more than inscription

being discovered
emerging
the tired body
the present body
thinking belongs to a body
body influences thought

the state of the body

It's not only sound that disappears everything
disappears after it's done everything is at the same time
the world is at the same time the world is
all at the same time

and what is done is what stays and what is
and what is done is what stays and what is
Is thinking already doing?

Where do all the images from
everyday go?

Supposedly
thought separates humans from other animals

a continuous
sound like a resistor

the desire
thought and desire
desire is many times the
origin of thought

when I think about thought I recall cartoons
words floating
external balloons invisible

we're always the rest of what has passed
nothing begins again from zero
zero is only
once and nobody can remember

thought is not continuous at
all

it is constantly interrupted by things I notice
things I remember
I'm walking down the street and suddenly a colour
a sound
or maybe that's no interruption

but just a way of continuing

passar de um lado ao outro
do outro
algo revela algo há de haver
passagem de uma coisa a outra coisa
que se não continuar

ralar os pensamentos quem despeleta quem entre vagas explícitas são
deixar de estar e deixar de ter ritmo já estou agora mais longe
entre eu e a mão cansada luta para as agarrar
surgem quase sem atropelo [illegible]
do [illegible] o pensamento [illegible] contra
atenção que só era tendo [illegible] estar perto estava mesmo ao lado
saber [illegible] o que [illegible] não entende o lugar
algo para sempre escondido na fenda no entre nós

retém o que se alcança do outro

[illegible] contra —
[illegible] chegar a algum lado
[illegible]
[illegible]

Tom Tautorus

Wenn life...

Die Erinnerung kam an einem Tag, an dem ich ein neues Tagebuch begann. Als Erinnerung an die Unmöglichkeit einer clean slate, einer blank page, einer Tabula Rasa, breitete sie sich aus. Mit ihr kam die Angst und das manische Bestreben, das Weiß zu füllen, das zuzuschütten, zu übermalen und zuzukleben, was das Weiß nicht gut verbergen konnte. Manches blutet durch.

Erster Tag. Gelb-Grüner Tag.

[Verhangenes]

Così affettuoso, delicato, caro, egli era / So zärtlich, sanft und liebenswert, hatte er riuscito ad avvolgersi davanti ai miei / es geschafft, sich vor meinen Augen in einen occhi di un velo di innocenza così / so dichten Schleier der Unschuld zu hüllen, dass fitta che mai avrei osato turbarlo. / ich es nie gewagt hätte, diesen zu zerstören.[1]

[Vergangenes]

Ich erinnere mich nicht daran, wie ich gebetet hatte, es möge weggehen, als du nicht genug Unschuld in mir sahst, um mich in Frieden zu lassen. Als ich nicht genug Unschuld hatte. Als dir offenbar wurde, dass meine Unschuld nur aufgemalt war, als das Wasser, voll Chlor und Kinderpisse sie abwusch. Vielleicht war ein Teil der Pisse meine eigene.

[Vergehen]

Der durch Memes überlieferte nicht unwahre Internetmythos über den Grönlandhai (oder Pee Shark) besagt, dass sein Körper voller Urin ist. Damit ist der Hai giftig und wird mehrere hundert Jahre alt. Dennoch haben die Isländer*innen, ergo Wikinger, ergo starke Männer, eine Methode entwickelt ihn zuzubereiten und zu verspeisen.

1 Pier Paolo Pasolini in *Amado Mio* preceduto da *Atti Impuri*.

[Vergeben]

Du schaust über die Kiesgrube hinweg, in der wir baden, und hast mehr Gedanken als wir alle zusammen. Du schaust den Rücken von einem der anderen Bauernjungen an. Einem der älteren, der schon eine Freundin hat, der seinem Vater auf dem Feld hilft, und denkst, so ein starker Rücken. Es muss toll sein, seinen Kopf darauf abzulegen und ich frage mich, warum ich nicht so einen starken Rücken habe und merke nicht, dass du auch nicht so einen starken Rücken hast. Du schleppst deine Alibibücher mit, die dir helfen, an nackte Bauernjungen Flügel und Heiligenscheine zu malen und wenn du sie für Freunde hältst auch Teufelshörner, während sie nur einen Teufel kennen und das ist Hitler.

Ich laufe durch den Rosengarten und weine. Hier sind viele Menschen, die weinen, hinter jeder Rose einer und die Dornen der Rosen schmerzen mehr als deine Poesie und Sünde ist nicht nur ein Wort, so wie „Freundschaft“ es für dich ist. Also reißen wir uns die Finger an den Rosenkränzen auf, zu denen du uns verdammst, und schlafen auch nach der Hochzeitnacht noch manchmal mit einer Frau.

Ich versuche zu erzählen, was ich heute gemacht habe und merke, dass ich als *ich* in dieser Erzählung eigentlich keine Stimme und keine Erlebnisse habe, wenn ich nicht *du* sage, als sei schwule Literatur der 40er Jahre auch nicht die Lösung, also gehe ich weiter und suche mir das nächste Arschloch.

getippt in die Handynotizen

Zweiter Tag. Kirschroter (cherry lips) Tag.

1. Ich esse einen Eisbergsalat. Blatt für Blatt. Über der Spüle. Auf dem Kopf, um der Unordnung Herr zu werden, ein Piratenkopftuch.
Ich google deinen Namen. Ein Schritt, den ich immer für falsch und peinlich hielt, bis meine Therapeutin mir dazu geraten hat. Ich finde Artikel irgendeiner Regionalzeitung. Du leitest jetzt einen Jugendtreff, organisierst Sachen. Ob die Kinder wissen, dass ich nicht älter war als sie, als du dich hast verführen lassen? Ich scrolle nach unten.
Kontakt.

2. Ich trage kirschroten Lippenstift, eine schwarze Kapuze. Will ich dich zu Fall bringen? Lokalprominenz in einer Stadt werden, in der ich noch nie war? Kamerablitze, die aus allen Ecken leuchten. Gerichtsprozesse, in denen du dir eine Akte vors Gesicht hältst. Genugtuung mittelbraun

vertäfelt, wenn ich mich nur entschließen würde. Doch *jetzt* stehe ich noch in der schwach beleuchteten Küche. Ich reiße ein Blatt des Eisbergsalates nach dem anderen heraus. Ich ficke dich. Ich ficke dich nicht. Ich ficke dich. Ich ficke dich nicht. Natürlich nur metaphorisch.

3. Meine Augen sind verbunden. Ich muss abwägen.
Szenario A. Ich sage nichts, ziehe mich aus der Verantwortung.
Szenario B. Ich stelle dich und mache den Zeitungsleser*innen
Angst vor schwulen Kinderfickern.

4. Ich bin dir böse. Wärest du schöner, berühmter, mächtiger; würde sich das ganze Drama nicht nur auf der Onlineseite einer unbedeutenden Lokalzeitung abspielen. Es gäbe Abgründe, Fallhöhe. Es gäbe öffentliches Interesse. Es gäbe irgendetwas. So gibt es nur jemanden, der im Dunkeln Salat über einer Spüle ist. Duschen sollte er auch einmal.

~~5. Meine Eifersucht auf Lolita~~

5.-10. Liebes Tagebuch,

heute habe ich diesen Text geschrieben.
Danach habe ich mich übergeben.

Das hier ist so schlecht und ich kann es doch nicht lassen,
noch mehr daran zu schreiben. Als könne man es irgendwie retten.
Ich habe extra Kerzen angezündet.

Light of my life. Fire of my loins.[2]

Wenn man genauer hinhört sind ein großer Teil der Songtexte von Lana del Rey nicht kenntlich gemachte Zitate aus Lolita. Was macht diese Geschichte zum Mythos unserer Jugend?

Ich kehre zurück in meinen Handybildschirm. Ich erkenne deine Hässlichkeit und ich sah, dass es gut war.

getippt in die Handynotizen

2 Lana del Rey: *Off to the Races.*

Ich mag es, wenn in Pornos nach dem Sex beide Darsteller über ihre Erfahrung, ihre liebsten und unangenehmsten Momente des Drehs sprechen. Gerne würde ich mir Compilations nur von diesen postkoitalen Gesprächen ansehen.

getippt in die Handynotizen

Vierter Tag. Hellblauer Tag.

Meine schmalen weißen Handgelenke.
Meine schmalen weißen Handgelenke lassen dich glauben.
Meine schmalen weißen Handgelenke lassen dich glauben, dass…

Die Popmusik[3] hat unrecht, wenn sie sagt, der*die unglücklich Liebende wäre eingesperrt, festgehalten, müsse frei gelassen werden. *Er*sie*ich* lässt*lasse nicht los. Ich schmiede dich ein, will dich starr machen, damit ich weich sein darf, dich einhüllen kann ohne Kontamination, doch du zerspringst in tausend klebrige Stücke.

Something in her demanded victimization and terror, so she corrupted my dreams, led me into dark places, I had no wish to explore. It was no longer clear to me which of us was the victim. Perhaps we were victims of one another[4]

Bullshit!

In historischen Weltuntergangsszenarien friert die Welt zumeist ein. Zu viele Rußpartikel in der Atmosphäre lassen nicht genug Sonnenstrahlen durch und die Welt erkaltet. Meine schmalen weißen Handgelenke, mein silbernes Haar.

The cold has never bothered me anyway.[5] Ich weiß nicht mit der Erderwärmung umzugehen. Sie ist unästhetisch. Alles zerläuft. Meine Poren weiten sich und meine Ausdünstungen und Körperflüssigkeiten verschwimmen

3 Vgl. Kim Wilde: *You Keep Me Hanging On* und Miley Cyrus: *Prisoner* (feat. Dua Lipa).
4 „Bullshit!" würde ich schreien, wenn du so etwas sagen würdest. Jetzt schreibe ich es ab. Anna Kavan in *Ice*.
5 Elsa in *Frozen: Let it go.*

mit denen anderer Menschen, sodass wir beginnen sollten, Abstände und das Bedecken von Körperöffnungen neu zu regeln. Es gibt keine Machtfrage mehr. Kein Opfer. Keinen Täter. Kein *Who's screwing who?*[6] Denn wir verlieren unsere körperlichen Grenzen. Das Patriarchat fickt uns alle und eine Natur, die weiblich ist. Brauche ich Narration, um diesen Punkt zu machen? Figuren, Orte, Handlung? Vielleicht kann ich euch ein wenig Schweiß senden.

geschrieben ins Tagebuch

6 Janelle Monáe: *Screwed (feat. Zoë Kravitz).*

Sina Guntermann

Sonnenbrand

I

Als ich 12 Jahre alt war, hatte ich keine Haare mehr. Ich wachte auf und meine Haare schliefen auf dem Kissen weiter. Ich ging ins Badezimmer. Mein Spiegelbild starrte mich an. Wir sagten nichts zueinander. Ich ging zurück ins Zimmer und betrachtete den haarigen Haufen. Laut den Ärzten handelte es sich um eine unerforschte tropische Krankheit. Ich lernte, dass es sehr gefährlich sei, in stillen Gewässern zu schwimmen. Das Gewässer, in dem ich geschwommen war, war besonders still. Anders als meine Mutter. Sie schrie mich die Türe des Krankenhauszimmers hinaus.

Zwei Sonnenbrände später waren noch immer noch keine Haare in Sicht. Ich kehrte unseren herbstlichen Hof und war neidisch. Neidisch auf die Bäume, die jedes Jahr ihre Blätter verloren und sie immer wieder bekamen. Sogar der Besen hatte Haare. Durch meine nackten Augenlider hindurch schaute ich wütend in den Himmel.

An manchen Tagen sprach ich kein Wort, bis aus manchen Tagen alle wurden. Meine Mutter ließ mich in eine Klinik einweisen, wo wir jeden Sonntag „Das verrückte Labyrinth“ spielten. Die Abende verbrachte ich vor dem Fernseher. Ich schaute eine Fernsehshow mit dem Namen „Musik Pantomime“. In jeder Folge trat ein Musiker oder eine Musikerin auf die Bühne und spielte ein Instrument ohne Instrument. Der beste Auftritt war der einer Trompeterin. Mit ihren Fingern massierte sie die Luft, während das Lied dazu im Hintergrund lief.

Von meinem Bett aus schaute ich auf den See. An Regentagen sprangen die Wassertropfen so unruhig hin und her wie das Rauschen eines Fernsehkanals bei schlechtem Empfang. In diesen Momenten konnte ich mir nicht einmal mehr vorstellen, wie stille Gewässer überhaupt aussehen sollten. Als die Wolken leichter wurden, holte mich meine Mutter wieder zurück nach Hause. Auf dem bekachelten Boden vor der Klinik lag ein Wasserfilm. Wir gingen hintereinander auf der Blindenschrift, um nicht auszurutschen.

Zuhause flehte mich meine Mutter an, das Schweigen vorläufig zu beenden. Doch ich hatte das Gefühl, dass ich erst dann wieder ein Wort sprechen wollte, wenn mir wenigstens ein einziges Haar gewachsen war. Dann wurde es Winter. Diesmal für die ganze Familie. Mein Vater strich mir über den Kopf. Ich leerte seinen Papierkorb und schloss das Fenster in seinem Zimmer.

Der Raum, in dem ich seine Haare das letzte Mal kämmte, war wie vermint und niemand konnte sich ihm nähern. Auch meine Mutter verlor ihre Sprache mit der Zeit. Von außen schaute man auf die zwei geschlossenen Rolläden, als wäre das Haus in einen tiefen Schlaf gefallen.

II

Eines Tages verstand ich, warum mich mein Vater Tomás getauft hatte. Vor unsrer Türe stand ich. Ich mit Haaren. Ich ging hinein und setzte mich an den Küchentisch. Ich saß mir gegenüber. Wir schauten uns lange an. Wo ich herkam, war nicht wichtig. Nur das, was ich mitbrachte. Die meiste Zeit schwiegen wir warm, doch am Ende legte ich mir leicht die Hand auf die Schulter und sagte: „Die Bäume gehen ohne Blätter in den Winter."

Wir betraten das verminte Zimmer und setzten uns auf das Bett. Wir betrachteten alte Fotos. Viele der Aufnahmen sah ich, so schien es mir, zum ersten Mal. Dieses lachende Kind mit Haarhaube und schiefen Schneidezähnen berührte mich. Erinnerungen durch die Augen meines Vaters. Schneeanzüge auf zugefrorenen Teichen und aufblasbare Krokodile auf Frottee.

Ganz ohne Haare sah ich aus wie eine Kugel Vanilleeis. Wir lachten laut. Ich hatte vor langer Zeit vergessen, wie meine Stimme klang. Ich strich mir über den Kopf. Es fühlte sich borstig an. Ich erzählte mir von dem Tag, an dem ich schwimmen ging. Ich fühlte den Schlamm unter meinen Füßen. Das Wasser war warm und wohlig. Es war eine Art große, tiefe Pfütze. Von dort aus schaute ich auf die schwimmenden Lichter auf dem See vor mir. Ich hörte, wie sich die Blätter über mir unterhielten.

Meine Mutter schwieg über Vergangenheit und Zukunft. Sie hatte das Gefühl, dass sie erst wieder ein Wort sprechen wollte, wenn sie sich verzeihen konnte. Wir richteten auf den Minen wieder ein Zimmer her. Eine Scholle dicken Laichs schwamm in unserem Teich. Von dort aus hörte ich, wie sich die knatternden Rolläden öffneten.

Maximilian Karakatsanis

Gedichte

meine hände hören nicht auf zu wachsen
unter der decke reste
räume schubladen ein und aus
mit einem kissen zwischen den beinen
rufe ich ins moor und
reibe besteck aneinander
frische wunden sanft gelegt
platzt ein haar in meinen fingern

wie schön wäre es
rückwärts geboren zu werden
dass alle in bäuche klettern
und die bäuche wieder in bäuche klettern
dort gemeinsam vermuten
was auf uns wartet

krächzend bellt
im karussell
der wunsch
gierig

scherben sind zucker
zieht mich mit
ich darf nicht
schwimmen

peitschende tänzer
um mich mich
auslachend
ausladend

schädeldecke bricht
zwei spiegel

Reminder

ja manchmal, manchmal
da löst sich alles
schüttelt ab von der Haut
rutscht an den Armen
über die Beine hinweg
Knochen entfalten
brechen liebevoll
so gelichtet alles
ein Gewicht sinkt in den Boden
feste Lungen
ziehen klare Luft
wie der Moment
nach einer Arbeit
kann kaum schlafen
durch Aufregung
an dem Tag, vor dem Tag
besonders selten
ich weiss, es kommt wieder
aber gerade geht es mir gut

das gibt es auch
                    Reminder an mich selbst
                              das   gibt es auch

Marie Sturm

Inventur im Halbschlaf

Auszüge aus dem Romanprojekt

Die Decken sehen viel niedriger aus als beim letzten Mal. Heide und Georg sitzen auf Klappstühlen in der kleinen offenen Küche. Ein älteres Ehepaar mit rheinischem Akzent. Beide braun gebrannt. Heide trägt eine Metallic-Lila Steppjacke und orangefarbenen Lippenstift. Georg ein ähnliches Modell in Silber. Er klappt mir einen Stuhl auf.

Ein Jack-Russel-Terrier kommt aus dem dunklen Schlafzimmer geschossen, springt mir die Beine hoch und riecht an meinen Schritt.

„Jetzt is aber jut, Amadeus", sagt Heide, „Der freut sich nur. Ne, du freust dich."

Während Amadeus an meinen Schuhsohlen und meinem Jutebeutel schnüffelt, streckt Georg mir den Mietvertrag entgegen und geht mit mir die bereits besprochenen Punkte noch einmal durch. Seine Stimme ist etwas heiser. Das Sprechen strengt ihn hörbar an, sodass ich die restlichen Paragraphen des Vertrags verlese. Heide kramt währenddessen einen Kugelschreiber aus ihrer weißen Lackhandtasche und reicht mir den Stift zum Unterschreiben. Nach meinen Gehaltsnachweisen oder einer Schufa-Auskunft fragen sie nicht.

„Kind, sollen wir dir noch einen Küchenschrank hier reinstellen?", fragt Heide. „Wir haben doch noch den vom Thomas im Keller stehen, ne, Georg?" Georg nickt.

„Ja, ein Küchenschrank wär gut", sage ich, während ich die beiden Exemplare des Mietvertrags unterschreibe.

„Kind, ich zeig dir mal was." Heide geht mir voran durch die Küche, ins Schlafzimmer durch ein kleines Zwischenzimmer und schließlich in das Wohnzimmer, an das sich ein kleiner Garten anschließt.

„Wir sind jetzt ja erstmal drei Monate auf Gran Canaria. Wenn du hier einziehst, dann ist hier erstmal alles blau. Im Frühjahr ist hier immer alles blau von den Traubenhyazinthen." Sie legt ihre Hand auf meine Schulter, mit der anderen zeigt sie in den Garten hinaus, als wolle sie mir die Wohnung noch verkaufen. „Kind, dann sieht die Welt schon ganz anders aus." Scheiße. Sie hat also nicht vergessen, dass ich mich letzte Woche vor ihr nicht im Griff hatte. Als sie mich bei der Besichtigung fragte, warum

ich aus meiner alten Wohnung ausziehen will und ob ich alleine oder mit einem Partner in die Wohnung ziehen möchte, brach meine Stimme ab und ich musste heulen. Da standen wir in dem kleinen Garten neben den Rosensträuchern. Sie bot mir eine Zigarette an, wir rauchten beide wortlos die rote Pall Mall. Dann ging es auch wieder. Ich weiß nicht, ob ich aus diesem Grund die Zusage für die Wohnung bekam.
„Kind, dann sieht die Welt schon wieder anders aus", wiederholt Heide und schüttelt mich dabei leicht an der Schulter. Im ersten Moment will ich sie fragen, ob ich mit nach Gran Canaria fliegen kann. Vielleicht könnte ich dort eine Art Reha machen. Und einfach erst danach hier einziehen, wenn die Rosen blühen. Ich lächele sie an und sage: „Ja, bestimmt."
Ich weiß nicht, ob meine Welt im Frühjahr anders aussehen wird. Ich habe Angst, dass nur die Welt anders aussehen wird. Draußen. Als wir wieder in die Küche zurückkommen, hat Georg bereits seine Jacke angezogen. Amadeus liegt wie eine Fußmatte vor der Tür.
„Ja, jetzt macht der schon wieder so einen Stress. Wir müssen ja noch einkaufen. Ich hab dem Kind nur schnell nochmal den Garten gezeigt. Ist ja gut", sagt Heide und zwinkert mir zu. Bevor wir die Wohnung verlassen, blicke ich mich noch einmal um. Ich stelle mir vor, wie ich die leeren Regale da einräume. Wie ich mir da am Herd meinen Kaffee koche, wie ich in der Ecke mit der Heizung am Tisch sitze, eine Suppe esse und aus dem Fenster da schaue. Mein Magen ein großes, ausgehobenes Erdloch. Meine Arme und Beine fangen an zu kribbeln, als lösten sie sich wie eine Badekugel im Badewasser auf.
In der S-Bahn spüre ich ein Ziehen unterhalb meines Zwerchfells. Es strahlt über meinen Brustkorb hoch bis zum Hals und verwandelt sich dort in eine Speerspitze. Ich kann nicht schlucken. Aus dem S-Bahn-Fenster das Panorama auf den orange-lila-knalligen Himmel um sechzehn Uhr sechsunddreißig. Ich fühle mich wie die Hauptfigur in einer schlechten Postapokalypse-Serie auf Netflix. Alle sitzen hier hinter ihren Masken, in dicke Mäntel und Schals gehüllt. Es ist immer noch eiskalt. Der Knallhimmel nur für mich, für meine persönliche Apokalypse. Alle anderen sind Statisten, die Frau mit dem Kinderwagen, der kurzatmige Mann, der auf seinem Rollator sitzt und die drei Jungs, die aussehen wie kleine Erwachsene und über ihre bevorstehende Masse-Phase sprechen. Ich will nicht schon wieder in einer vollen Bahn heulen.
Ein Paar um die dreißig setzt sich in den leeren Vierer neben mir. Der Typ legt die Hand auf das Bein der Frau. Ich beobachte es in der Spiegelung des Fensters. Sie sind sich vertraut. Die Hand auf dem Knie. Ich daneben. Mein Blick klebt auf den beiden Kniepaaren.
Ich habe Heimweh. Wenn die Pandemie vorbei ist, dann ist das hier auch vorbei, denke ich immer. Aber langsam beschleicht mich das Gefühl, dass es nicht so schnell vorbeigeht. Dass ich es aussitzen muss. Ich weiß nicht wie. Ein Mann mit weißen Haaren und OP-Maske setzt sich mir

gegenüber in den Vierer. Irgendwas an ihm erinnert mich an meinen Vater. Ich weiß nicht was. Mein Vater ist nie S-Bahn gefahren. Wir würden bestimmt oft facetimen in dieser Situation. Zu meiner Unterhaltung hätte er dabei einen seiner alten Zahnarztmundschütze auf dem Kopf und gelbe Gummihandschuhe getragen, mir erzählt, dass er ja schon jahrelang in einer Selbstquarantäne lebt und darüber gelacht. Es hätte ihn nicht berührt. Er würde auf die Welt blicken, als beträfe sie ihn nicht. Und dann werde ich wütend, dass es ihn so wenig berührt. Vielleicht tue ich ihm auch unrecht. Er würde in seiner Küche sitzen und mir zeigen, welche Köstlichkeiten er sich heute Abend zubereitet habe. Ich würde ihm sagen, dass er im Rewe Abstand halten und auf sich aufpassen soll. Dann würde er mir sagen, dass er sich um sich keine Sorgen macht, dass es ihm egal sei, wenn er sich infiziere. Ich würde versuchen, ihm vom Gegenteil zu überzeugen und ohne dass ich mich selbst entlarve, ihn unauffällig zwischen den Zeilen fragen: Machst du dir denn gar keine Sorgen um mich,
was mit mir passiert, wenn du nicht mehr da bist? Machst du dir keine Sorgen, dass ich dich eventuell vermissen würde? Dann würde er seinen Lieblingsspruch zitieren: Weißt du, an allem nagt der Zahn der Zeit.
Der Mann mit den weißen Haaren steigt aus.
Mir schießt eine Erinnerung durch den Kopf. Eine Erinnerung, von der ich, als sie noch keine Erinnerung war, schon wusste, dass sie eine Erinnerung wird. Ich kann dort hin immer wieder zurückspulen. Es ist 2016. Mein Vater liegt im Krankenhaus. Er hatte einen Herzinfarkt. Er liegt da schon seit einer Woche. Auf der Intensivstation. In der Nacht zuvor hatte sich in einem seiner Hauptherzkranzgefäße ein Blutgerinnsel gebildet. Ihm musste ein Medikament gespritzt werden, was eine seiner Nieren komplett zerstörte. Gut, denke ich. Mit einer Niere kann man auch noch lange leben. Am Morgen besuche ich ihn, das Krankenhaus ist nur etwa fünf Minuten fußläufig von meiner Wohnung entfernt. Ich sitze eine gefühlte Ewigkeit in der Schleuse zur Intensivstation, zitternd darauf wartend, dass eine Pflegerin oder ein Pfleger mich abholt. Es dauert so lange, dass ich mir einbilde, mein Vater sei verstorben und drinnen wird besprochen, wie man es mir jetzt beibrächte. Schließlich kommt jemand, ich erinnere mich nicht mehr, wer es war, ob Ärztin oder Pfleger. Mein Vater liegt in einem der Zimmer umgeben von Kabeln und Schläuchen. Ich soll sein Handy mal schnell aufladen. Die Steckdosen befinden sich für ihn unerreichbar am anderen Ende des Zimmers. Ich setze mich neben ihn, froh, ihn lebendig neben mir zu haben. Weiß nicht, was ich sagen sollte. Will weinen, aber ich kann nicht Kind sein. Mein Vater legt seine Hand auf meine, schaut mich an. Wir sprechen nicht. Er und ich wissen in dem Moment, dass er bald sterben wird. Wir führen ein Gespräch ohne Worte. Das, was er mir ohne Worte sagt ist Folgendes: „Es ist wie es ist. Und du wirst es überleben. Es ist wie es ist.“ Es ist so klar und deutlich.
Ich weiß in diesem Moment genau wie er, dass er sterben wird. Er weiß

es, ich weiß es. Und wir wissen beide, dass wir es wissen.
Ich habe nie jemandem davon erzählt. Zwei Wochen später starb mein Vater an seinem dritten Tag in der Reha-Klinik. Und doch aus heiterem Himmel.

Jeesoo Hong

Apartment with dog hair and footsteps

Let me introduce two dogs living in Seoul.

The left one is A Gang. He is five years old. The other one beside him is Kong A. She is ten years old. They live with my mother in Seoul. In an apartment on the fifteenth floor.

Ten years ago, my mother brought Kong A home from a neighbor when she was a baby dog. There were four other baby dogs around their mother feeding them.
She, Kong A, had the most beautiful eyes among them.

So my mother paid 50 euro more to get her. She loved her big

and beautiful eyes.

After five years, my mother thought maybe Kong A is lonely alone and might want to have a baby. My mother went to a small puppy shop and found small A Gang. He was born in a puppy mill. My mother liked him because of his charm and needy character.

Before he came to our home, he was waiting. Waiting for his new family. Before he met my mother, he lived inside a small cage made of glass at the display window.

My mother couldn't forget his face inside this room.

That is the story of how they began to live together with us.

In the beginning, Kong A and A Gang hated each other, and until now, they don't have children.

But since they live together, they treat each other as a member of this life.

As I remember, my mother was a lonely person.

She worked the whole day as a housewife and spent time with them inside this apartment.

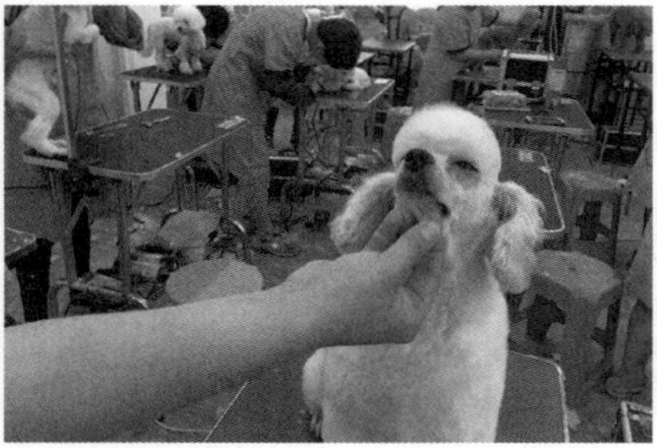

Three years after she had brought A Gang home, she started her new career as a dog groomer.
She studied for one year to pass the exam to become a professional dog groomer.
Now she is working as an expert.

Let's look around their apartment.

This is a yellow-green toilet made of plastic. My mother put an old newspaper down on it. Sometimes they pee on this paper too.

They like to lay down under this dinner table. It reminds me of a
forest that they like to hide in and watch from at the same time.

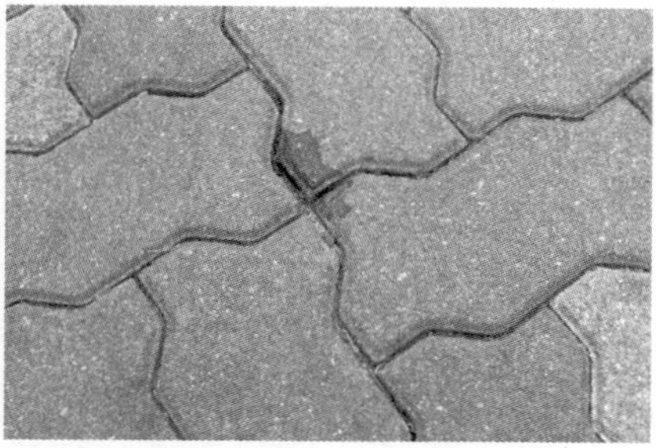

These days, my mother works day and night and has not much time left to go out for a walk.

She is not the kind of person who likes to go out for a walk. But when she has to, she brings them out and does the garbage thing at the same time.

They are so excited when they go out with her.

When they come back after a walk, my mother washes them because she sleeps with them in the same bed.

She likes to maintain the cleanliness and the short length of their hair.

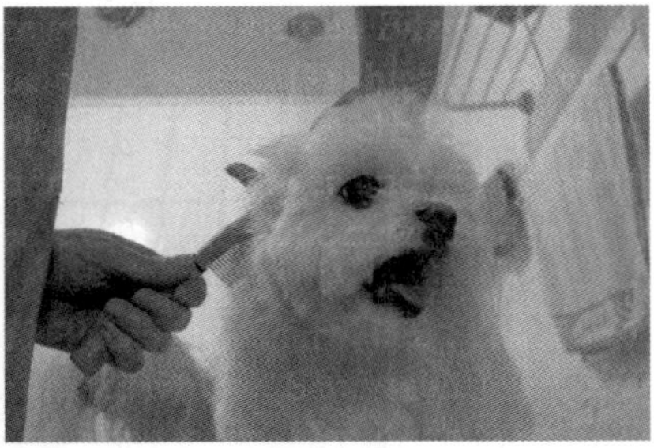

My mother is really exhausted after shaving, washing, and drying them.

And so are they..

This is how they spend most of their time at home.

Lying on this floor pad and floor paper with the wood-grain pattern.

Getting light from this lamp on the ceiling.

Drinking water from this plastic bottle, as they learned during childhood.

And so on......

At night, they sleep on this bed, making the bedding-space fit to their own taste.

They occupy this place, and they own this apartment.

Julie Sophia Schöttner

Eine Abrechnung

Der Blick aus dem Fenster geht durch staubiges Glas. Ich sehe matte Häuserfronten und spiegelnde Fensterscheiben noch kurz vor ihrer Erleuchtung. Der Himmel ist heute in Pastellfarben tapeziert. Ich sehe Dachziegel, einzelne in hellerem Rot als die Übrigen. Ich sehe zwei Vögel über die Ziegel hüpfen. Ich sehe Schornsteine, entschlafene Schornsteine aus der Kohlezeit, zähle einundzwanzig. Aus einem qualmt es, Rauch wirbelt vor dem Wattehimmel und verweht. Der Wind kommt von Südwesten. Ich sehe nackte Äste. Ich sehe die Tanne im Hinterhof, ihre linke Seite ist dichter gewachsen als die rechte. Ich sehe Wäsche auf der Leine und ineinander verdrehte Stromkabel auf der Terrasse. Ich sehe Pfützen auf dem Flachdach. Ich sehe kahles Balkongerippe. Ich sehe ein Fernsehflimmern in einem mintgrün gestrichenen Zimmer. Ich sehe die Sonne nicht mehr.

Hesse sagt: Allem Anfang wohnt ein Zauber inne. Den spüre ich bis jetzt so gar nicht. Kisten stehen im Raum und ich stapele sie alle in einer Ecke zu einem Turm bis an die Decke. Die Wohnung ist kalt und ich schlafe viel in meinem Daunenbett und warte. Seitdem ich Leipzig den Rücken gekehrt habe, dehnen die Tage sich aus und verschlingen mich im Ganzen. Die Wohnung hat Raufasertapete und riecht. Wonach, das kann ich nicht genau festmachen, ich rieche es nur in den ersten Augenblicken, beim Eintreten durch die Wohnungstür, wenn die Nase unbedarft von draußen kommt. Es ist dieser Eigengeruch einer Wohnung, die schon viele Jahre bewohnt war und von ihrer Umgebung geprägt ist. Kurz riecht man das Gemisch verschiedener Körper, man riecht deren Angewohnheiten aus einer Vielzahl an Jahrzehnten, man riecht auch irgendwie das Viertel und seine Vergangenheit. Mein Vater in Neukölln zum Beispiel wohnt neben einer alten Teerfabrik. Das heißt, er wohnte neben einer alten Teerfabrik. Die wurde schon vor drei Jahren stillgelegt und vor einem Jahr abgerissen. Das Land liegt brach, auf den Bauzaun wurden Hakenkreuze geschmiert und wieder durchgestrichen. Doch zurück zur Wohnung, diese Neukölln -Wohnung hat diesen speziellen Geruch aus Arbeiterviertel und Teer, der diesem hier gar nicht gleicht, aber durch seine Einzigartigkeit ähnelt. Meine Wohnung riecht nach altem Zigarettenrauch, nach Wirtschaftswunder und Staub. Dass ich ihre Geschichte riechen kann, gefällt mir. Die Wohnung hat eine breite Fensterfront zur Südseite. Es könnte viel Licht hineinfallen, doch in diesen Tagen regnet es durch. Es gibt den ersten Frost. In diesen Tagen stelle ich fest, dass die Balkontür nicht richtig schließt und die Heizung kaputt ist. Auch der Boiler will nicht anspringen und aus der Spüle stinkt es nach faulen Eiern. Ich telefoniere mit dem Vermieter, es vergeht eine Weile, ich telefoniere wieder mit dem Vermieter, dann telefoniert der Vermieter mit den Handwerkern. Dann telefonieren die Handwerker mit mir, und ich hasse telefonieren, aber ein Termin steht.

Ich spaziere im Regen, denn Spazieren ist das, was man in diesem Jahr guten Gewissens macht. Es ist das, was alle machen: Volkssport Spazierengehen. Fremde schenken mir im Vorbeigehen ein Lächeln, wenn der Abstand gering ist und ich vorsorglich im Matsch stehen bleibe, um die Entgegenkommenden passieren zu lassen. Seitdem es kälter wird, steigen die Zahlen der Kranken und Toten rasant. Der November stimmt die Menschen nüchtern. Nur eine Gruppe ist laut: Die Tollwütigen haben sich mit den Verachtenden, haben sich mit den Leugnenden vereint. Mir graut es vor diesem Winter.

Seitdem ich alleine wohne, rede ich manchmal mit mir selbst.

Der Nachbar über mir empfängt Besuch, abends höre ich ihnen beim Lachen zu. Ich bin ein bisschen neidisch, nicht auch in der Wohnung über mir zu sein. Stattdessen sitze ich bei 14 Grad in drei übereinander gezogenen Pullovern, nenne meine Wohnung Gisela und starre die Raufasertapete an. Stattdessen steht in meiner Spüle das Wasser vom Abwasch und läuft nicht ab. Ich rufe in den Raum hinein: „Mensch Gisela, wir sind ein Team! Wir müssen zusammenhalten, jetzt reiß dich mal zusammen!“ Aber Gisela antwortet nicht.

Die Zeit zerkaut sich zäh und mein geselliger Nachbar nervt mich immer mehr. Er stampft ständig durch die Wohnung, von einer Ecke zur nächsten, als würde er Brennball spielen. Morgens höre ich, wenn er duscht. Ich höre sogar, wenn er pinkelt. Sofern sein Klo so eine 70er Jahre Rarität wie meines ist, dann verstehe ich das Problem sehr gut, bei der Form kommt man nämlich kaum drum herum, dass der Strahl schallernd laut ins Klo plätschert. Jetzt denke ich das erste Mal an den Nachbarn unter mir und frage mich: Hört der mir auch beim Pinkeln zu?

Nach drei Tagen steht das Abwasser noch immer in der Spüle und ich mache mich auf, einen Pömpel zu kaufen. Erst nach einer Woche mit einem immer strenger werdenden Geruch aus der Spüle und sich häufenden Aggressionsschüben vor den überfüllten Regalen der Discounterläden werde ich fündig. Drei Euro und 45 Cent ärmer, jedoch einen winzigen Triumph reicher, kann ich endlich lospömpeln und Gisela in die Schranken weisen. Ab da wird es besser. Die Sonne kommt raus und ich finde in Hauseingängen und an Straßenecken hübsch gepolsterte Stühle und ein

hölzernes Tischchen, mit denen ich die kahle Wohnung fülle, und mein innerer Brinkmann-in-Rom stetig leiser wird.
In den Nächten lese ich oder ich liege wach, und höre, dass auch der Nachbar über mir wach ist und durch seine Wohnung geistert. Ich frage mich, ob er schlafwandelt. Im Bad wandeln zu dieser Zeit auch die Silberfische über die Fliesen. Eines Nachts besucht mich ein Silberfischchen sogar auf der Tapete neben meinem Bett.
Der Handwerker kommt. Er ist vielleicht so Mitte fünfzig, heißt Heinz, spricht kölschen Dialekt und die ganze Zeit in einem kollektiven Wir, obwohl er alles alleine macht. Das finde ich erst seltsam und dann sehr freundlich von ihm. Ich merke schon bald, dass es auf mich abfärbt, obwohl ich gar nichts mache. Heinz werkelt ein bisschen an den Heizungen rum und sagt dann, dass alles kaputt ist. Anscheinend nicht nur die Heizungen, sondern auch irgendwas im Stromkasten. „Und warum ist die Rechnung dann so hoch, wenn das Ding kaputt ist?", frage ich. „Das frisst ja trotzdem mit", sagt Heinz. „Und was machen wir da jetzt?", frage ich. „Müssen wir bestellen, gibt's heut kaum noch", sagt er. Also verabreden wir uns für ein zweites Treffen.
Abwarten. Ich laufe durch die Straßen mit dem Versuch, zur Flâneuse zu werden. Ich nehme mir vor, ein Gespür für den Atem der Stadt und den Rhythmus der Menschen zu entwickeln, nur bleibt die Stadt zu sehr Kulisse. Als ich das am Telefon meiner besten Freundin erläutere, sagt sie: „Immerhin, die Kulisse steht." Einmal klingelt ein Nachbar und fragt, ob ich eine Bohrmaschine habe, was ich verneine. Er sagt: „Schade, ich dachte, weil du frisch eingezogen bist … Naja. Ich bin übrigens Felix, wohn' in der Wohnung über dir."
„Du Glücklicher", sage ich.
„Was? Achso, wegen dem Namen?" Er lacht, aber ich sehe, dass er mich komisch findet. Ich finde mich auch komisch. Das wäre jetzt die Gelegenheit, noch schnell Freunde zu werden und herauszufinden, warum der so hin und her trampelt, denke ich, und lasse den Augenblick verstreichen.
Am nächsten Tag will Gisela die Balkontür gar nicht mehr schließen, auf einmal ist das Scharnier zu klein, der Türgriff wackelt, kalte Luft fegt durch den Raum. Nach einstündigem Versuch eines behutsamen Schließens und beflügelt von einem mäßig schweren Tobsuchtsanfall knalle ich die Tür mit aller Gewalt und einem Schrei, den ich zuvor nicht von mir kannte, zu und sie rastet ein. Da sind wir beide perplex, Gisela und ich.
Es klingelt an der Wohnungstür.
„Hi. Ich hab' ein Paket für dich", sagt der Nachbar Felix.
„Oh, danke, ich hatte gar keinen Zettel im Briefkasten."
„Die sind hier nicht so zuvorkommend."
„Hast du noch eine Bohrmaschine gefunden?",
frage ich.
„Äh, ja." Felix beschaut das Paket in seinen Händen.

„Und du heißt also Natalie“, sagt er. Ich nicke.
„Hast du gerade so geschrien?“, fragt er.
„Geschrien? Nö.“
Er zieht die Brauen hoch, gibt mir das Päckchen und verabschiedet sich mit einem Peace-Zeichen.
In solchen Momenten versenke ich mich am liebsten für zwei Stunden in der Badewanne, aber diesen Luxus gibt's in Köln nicht oder zumindest nicht für mich. Ich brauche Freund:innen mit Badewanne, denke ich. Sinniere über den Gedanken, Programmiererin zu werden, dann könnte ich eine Art Tinder für Zweckfreundschaften entwickeln, aber mehr so nach dem anonymen Vorbild eines Wohnungsinserats und mit der Funktion, bei der Suche Burschenschaften auszublenden. Biete Balkon, suche Badewanne. Der Rest nebensächlich, sei nur kein Arschloch. Eigene Bausubstanz stabil, Desinfektionsmittel in diesen Zeiten immer in der Tasche, Abstand garantiert, will nur baden (alleine), danke.
Ich packe das Päckchen aus. Meine Mutter schickt mir „Schlaf- und Nerventee“ und ein paar Nahrungsmittel. Anscheinend wirke ich selbst, wenn ich mich nicht mitteile, desolat. Ich bedanke mich per Whatsapp-Nachricht und betone, dass ich mich sehr wohl fühlen würde, mir nur die Badewanne ein bisschen fehle. Meine Mutter schreibt, ich solle mich nicht so gehen lassen. Abends sitze ich bei einem Glühwein mit mir selbst auf dem Balkon. Die Nachbarn im mintgrünen Zimmer schräg gegenüber schauen Wer wird Millionär. Das machen sie wirklich immer. Sie sitzen da und schauen alles, was das Pay-TV zu bieten hat. Dazu trinken sie Weißwein. Im Hof fällt irgendwas um und der Bewegungsmelder springt an. Ich sehe eine Katze davonspringen.
Die Tage sind zunehmend gleich. Mal wieder wandere ich sinnlos durch linksrheinisches Gebiet. Dickbäuchige Männer trinken Bier vor dem Kiosk. Bei Humana ist Räumungsschlussverkauf. Irgendwo zwischen Hansaring und Nippes verliere ich den linken In-Ear-Silikon-Stöpsel meiner Kopfhörer. Dafür finde ich andere Dinge. In einer Seitenstraße, die mich an Heddernheim erinnert, liegt eine komplett zerfledderte Taube auf dem Bürgersteig. Flügel und Brustkorb sind noch da, sonst ist alles eher so ausgehöhlt oder fort. Ich mache mit meinem Handy ein Foto von dem, was noch übrig ist, und plötzlich schreit eine Stimme von oben: „Dat war'n Raubvojel!“ Ich schaue auf, da lehnt eine Frau im ersten Stock aus dem Fenster mit Lockenwicklern in den Haaren und dampfender Tasse in den Händen.
„Ahja?“, rufe ich hinauf.
„Meine Tochter hat's jesehn“, ruft die Frau.
„Was für ein Vogel?“, rufe ich.
„So'n Bussard oder so“, ruft die Frau.
Sie erzählt, wie laut die Straße sei, dass sie die Wohnung schon vor dreißig Jahren gekauft habe, aber da sei's noch ruhig und billig gewesen und jetzt

wolle sie weg, aber für das Geld finde sie in Köln nichts mehr und nach Hürth wolle sie wirklich nicht. Ich erzähle, dass ich neu in Köln sei und noch nicht so ganz verstünde, was alle daran so toll fänden. Sie sagt, ich würde es schon noch sehen. Ich verabschiede mich und gehe weiter.
Später stelle ich fest, dass das Foto von der Fleddertaube nichts geworden ist.Am nächsten Vormittag werde ich von der Klingel geweckt. Ich bleibe liegen. Es klingelt erneut. Das ist nicht die Klingel von der Haustür, sondern die im Flur vor der Wohnung. Ich ahne Böses. Es klingelt nochmal. Stöhnend stehe ich auf und werfe mir einen Pullover über.
Es klingelt nochmal. Ich schleiche zur Tür, schaue durch den Spion, sehe ein Auge und schrecke zurück. Dann klopft es. „Kam schon wieder ein Paket für dich!“, ruft jemand und ich öffne die Tür.
„Versteh gar nicht, warum sie's dir nicht direkt geben, du bist doch eh immer zuhause, oder?“
„Oh“, sage ich, „danke.“
Felix winkt ab. „Für mich kommt morgen ein Fernseher“, sagt er, „ich hab' dich für die Lieferung als Wunschnachbarin angegeben, hoffe das ist okay. Ich muss arbeiten.“
„Äh, klar“, sage ich.
„Danke, voll nett“, sagt er. „Achso hier, dein Päckchen.“
Er wirft mir eine kleine Schachtel zu, formt die Hand zum Peace-Zeichen und geht. Bevor ich merke, was passiert, biegt sich meine freie Hand auch zum Peace-Zeichen, aber das sieht Felix zum Glück nicht mehr. Ich schließe irritiert die Tür. Dann zische ich zu Gisela: „Sind wir jetzt die Post? Bei dem hackt's doch.“
Als ich darüber nachdenke, was ich mit dem Tag anfange, wandert mein Blick den Kistenturm hinauf und ich beschließe auszupacken.

Dilara Raika Er

Ich habe das Gefühl, ich verpasse irgendwas.

Habe nach der Ausstellung geträumt, ich würde genauso dekorative Kunst machen. Habe mich über mich selbst erschrocken.

Ich habe das Gefühl, ich verpasse mein Leben, weil meine Gedanken woanders sind und ich weit weg.

Keine Ahnung, was das Datum heute ist.

Es gab einen Moment, in dem mir auffiel, dass ich wirklich nicht mehr Teil des Lebens hier bin, ihres Lebens.

Habe fast 14 Stunden lang geschlafen, wenn auch mit einigen Unterbrechungen, ausgelöst durch das laute Quietschen der Schienen des Güterbahnhofs, die auch bei Nacht noch weiterarbeiteten und durch die Nässe meines durchgeschwitzten Shirts, das ich alle paar Stunden wechseln musste.

Die Welt geht unter. Ernsthaft. Nächstes Jahr ist der No-turning-back-Moment erreicht.

Ich weiß gar nicht, wo ich anfangen soll.

2 Wochen Jugendarrest. 40 Stunden soziale Arbeit. 1.300 Euro Gerichts- und Anwaltskosten. Das war das Resultat des Gerichtsverfahrens gegen __. Der Polizist hingegen kam ohne weiteres davon, obwohl das Bildmaterial einer Überwachungskamera dessen Taten bewiesen hatte.

Keine Ahnung, was wir besprechen sollten. Vielleicht die Tatsache, dass mich gerade nichts beschäftigt. Dass ich mich leer fühle. Distanziert von mir selbst und der Welt. Das einzige Gefühl, das ich habe, ist, kein Gefühl zu haben.

Ich bin die Strecke schon so oft gefahren. Städte schimmern in der Ferne in einem Meer aus Lichtern. Flüsse ziehen vorbei, münden in Kanälen (oder andersrum), glänzen vom Licht der Boote und Laternen. Hügel tun sich auf, verbergen noch mehr Schimmer. Es ist so schön hier. Es sieht hier nicht aus wie Deutschland.

Eigentlich ist alles gut.

Sie sitzt zwei Reihen vor mir in einem Viersitzer, mit dem Gesicht zu mir gewandt. Ihre Haare sind grau-blond. Sie sieht so aus, als sei sie einem dieser hippiesken Modekataloge entsprungen, deren Kundinnen sich selbst als „bohemian" beschreiben würden. Das Farbschema, Blau- und Grüntöne, zieht sich vom Stirnband zu den Schuhen. Sie hat sich genau so hingesetzt, dass sie mich vollständig sehen kann. Kurz nachdem der Zug wieder losfährt, holt sie ihr ebenso zum Farbschema passendes Notizbuch heraus und fängt an, abwechselnd mich anzustarren und in ihr Büchlein zu schreiben. Entweder sie ist die auffälligste Beobachterin aller Zeiten oder ich bin gerade wirklich paranoid.

Will mich die ganze Zeit ablenken. Von was? Sollte da Schmerz sein, er tut nicht weh.

Wahrscheinlich nicht in Köln. Aber Köln it is. Zumindest für die nächsten 2 Jahre.

Heute studiere ich an ner Uni, an der gefühlt alle aus so einer Glitzerwelt kommen.

Nachts wage ich es nicht, meine Augen zu schließen. Morgens flüchten sie sich der Realität. Ich muss mich ihr nicht stellen, wenn ich sie nur geschlossen halte.

__ ist auf gute Führung zwei Tage früher aus dem Arrest entlassen worden.

Am Donnerstag hat ein rechter Terrorist 10 Menschen getötet. Menschen, die so aussehen und dieselben Namen tragen wie wir. In einer Shisha Bar. In einem Kiosk. Seine eigene Mutter. Habe auf der Gedenkkundgebung sogar die Jungs umarmt. Entfernte Bekannte meldeten sich wieder.

Habe die üblichen Fluchtgedanken. Weiß nur nicht wohin.

Ich möchte ein Geist sein. Ich möchte ghosten. Nur ist da niemand, die auf meinen Anruf wartet.

Stattdessen werden Erntearbeiterinnen aus Rumänien eingeflogen.

Ich weiß nicht, ob ich das alles schaffen werde. Ich habe es bis jetzt schon so gut gemacht.

__ spricht immer noch nicht mit mir. Ich habe ihm letzte Woche Eistee über seinen Kopf geschüttet, damit er mit mir spricht, damit er irgendeine Reaktion zeigt.

Neulich slidete so eine Berlinerin in meine DMs. Meinte irgendwann, ich käme ihr nicht vor wie eine „Frau". Ob ich nicht mal hinterfragt hätte, dass ich non-binary oder trans sein könnte? Sie meine es als Kompliment? Fühlte sich so an, als sei sie nur interessiert, wenn wir nicht beide Frauen wären?

A., ausgerechnet der, hat sie dann begraben. Sağ olsun. Ich werde nie vergessen, wie sie Abschied genommen hat.

Eigentlich ist alles wie immer. Es ist nichts weggefallen, was vorher da war. Sie war abwesend, und ist es immer noch.

Die Frauenärztin ist ruhig und freundlich. Beim Ausziehen durchzieht mich die Kälte des Bodens. Ich nehme auf dem Untersuchungsstuhl Platz und schließe meine Augen. Wie von sehr Weitem höre ich, wie sie mich darum bittet, mich zu entspannen. Es ist schon zu spät. Ich bin an einem sehr dunklen Ort. Erfasst von einem Tornado aus Jahrzehnte altem Schmerz. Als sie mich bittet, meine Augen zu öffnen, die ich mir, ohne es bemerkt zu haben, mit beiden Händen zugehalten habe, holt mich das wieder an die Oberfläche zurück. Ich versuche meine Augen offen zu halten, aber ich sehe nichts. Er hat kein Gesicht mehr. Es existiert schon lange nicht mehr. Die Ärztin zeigt auf das Bild auf dem Monitor. Versucht mich abzulenken. Spricht noch irgendetwas, an das ich mich nicht mehr erinnern kann. Fragt, ob wir die Untersuchung abbrechen sollen. Tastet vorsichtig meine Brust ab. Fragt, ob ich Hilfenummern brauche. Ich verneine. Die Tränen hören einfach nicht auf zu fließen. Auch nicht, als ich längst wieder draußen stehe und meine Mutter zum Trost anrufe. Ich bin immer noch wütend, weine ich auf offener Straße.

Da ist sie wieder. Die Wortfindungsstörung. Die Sprachlosigkeit. Das Unaussprechliche.

Als wäre ich in den letzten Jahren mit geschlossenen Augen durchs Leben gegangen.

Mir reicht's. Schluss mit lustig.

Ich habe keine andere Familie mehr. Fühle mich irgendwie entwurzelt.

Alles wird gut.

Immerhin fällt Karneval dieses Jahr aus und ich muss mir das ganze Gekotze, Gegröle und die rassistischen und sexistischen Kostüme nicht geben.

Das fühlte sich merkwürdig an. Wie geschenkt. Aber wieso darf es nicht auch einfach mal gut laufen?

Die Frage ist nur, wie ich überlebe.

Blonde Haare im Bad und überall. Habe Angst, dass meine dunklen Haare stören.

Vielleicht stimmt mit mir auch alles. Vielleicht ist es nicht verkehrt, dass ich manchmal nicht aus dem Bett komme. Ewig liegen bleiben könnte. Dass ich manchmal nicht lächeln kann. Und dann in Momenten lächle, in denen mir nicht danach ist. Wen störts?

Muss die Bakkals suchen, die Frauen mit Kopftüchern, die mich beim Einkaufen anlächeln und mir gut zusprechen. Die asiatischen Großmütter, in denen ich immer meine eigene sehe.

Ich kann nicht genau sagen, was los ist. Aber ich habe Vermutungen.

Er sagt, er sei „gegen den Rassismus" und im nächsten Atemzug, er würde nie verstehen, warum Menschen nach Kalk ziehen wollen würden. Um Menschen wie dir zu entkommen, denke ich. Seine Sozialisierung hat sich bis in seine Knochen festgesetzt. Der Rassismus, die Misogynie, sein Gefühl der Überlegenheit. Er sagt, er sei „Feminist" und lässt uns nicht aussprechen, schreit seine Freundin an. Glaubt nicht, dass der Spanner mich gefilmt hat. Glaubt mir meine Erfahrung nicht. Seine Fingernägel glänzen.

Es wird Zeit. Wie soll ich sagen?

Langsam beginnt sich meine Wahrnehmung wieder zu schärfen.

Eigentlich hätte ich mich heute morgen an den Routineplan halten können. Aber ich habe nicht im Traum daran gedacht, mein Bett zu verlassen und lag noch eine Stunde lang da. Genieße es, die Zeit am Morgen einfach so verstreichen zu lassen. Ohne Hektik.

Versuche meine Augen offen zu halten und meinen Verstand wach.

Was sind das für Menschen, die die vielen kleinen Menschenfetzen auf Gleisen zusammentragen?
Gehen sie abends zu ihren Familien, ist sie eine Alleinerziehende, küsst sie die Stirn ihrer Kinder
Nachdem ein anderer
abends nicht zu seiner Familie kommt.
Vielleicht war da auch keine.
Er ist jetzt viele kleine Fetzen.
Vielleicht auch nicht
Vielleicht ist er sauer auf anonym/mich, weil ich die Polizei gerufen habe (wen hätte ich sonst rufen sollen!) nachdem ich ihn vom Zug
aus sah.
Es schneite und mitten im Weiß stand er da in seinem grellgrünen, nassen Pulli und lächelte das Gleis vor ihm an.
Der Polizist war genervt „dann schicken wir halt eine Streife vorbei"
Vielleicht ging er danach auch zu ihm aufs Gleis und die alleinerziehende Mutter hatte noch mehr Arbeit.
Es gibt viele Enden zu dieser Geschichte.
Ich kenne sie nicht.

Farah Wind

Gedichte

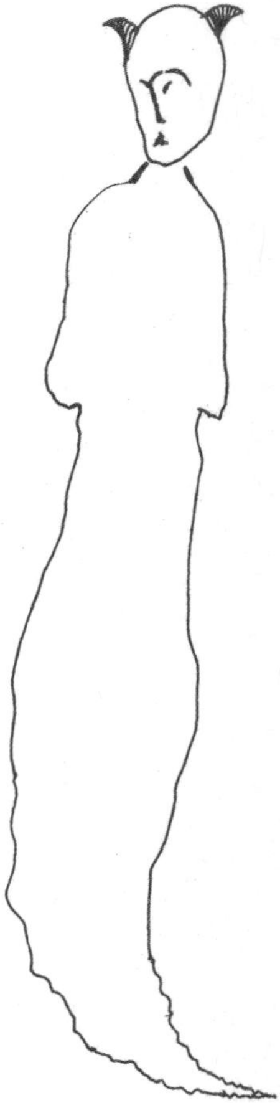

Apropos

Wir flechten Gesprächsfragmente
als wären Worte eine Ware
Ohren keine Stille verdienen
bis zum Exzess perfektionierte Optionen, stehen erwartungsvoll
ein schmaler Rand gibt den Rahmen an, indem sie sich bewegen dürfen
ein Wimpernschlag, eine minimale Bewegung des Kinns
was wir brauchen ist nichts als uns gegenseitig
sozialisiertes Gefasel und radikale Umlenkungen

Ummagumma

Ich laufe ein PF Album lang durch die Nacht und vergesse mich zu hinterfragen
wozu Wurzeln schlagen, wenn man sie vergeben kann, sich selbst in etwas legt
Ich habe dich in einer Trauerweide gerochen

ein Mann, dessen Hund ein blaues Leuchthalsband trägt, blickt mich verwirrt an

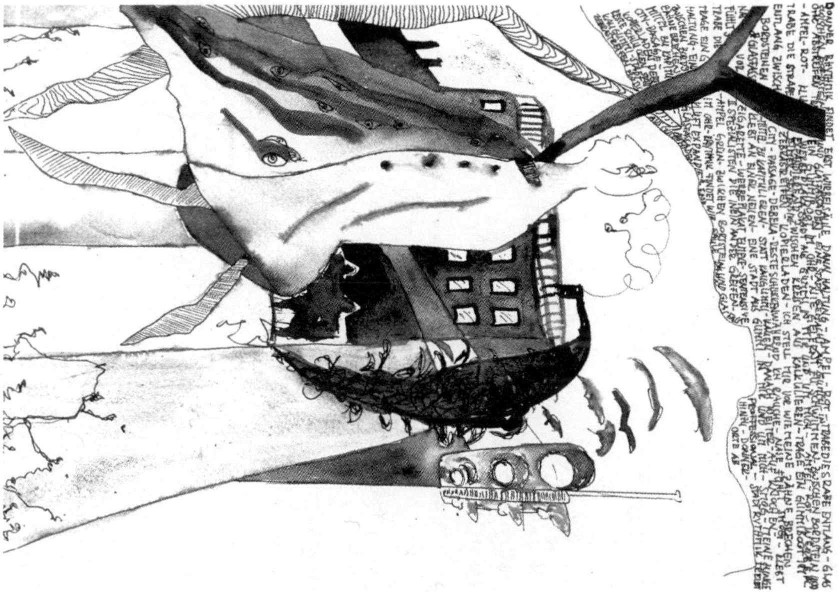

Spuken

168 h gen Osten
aus Nüstern
Fallen – Gardinen im Wind
Gestrickt aus Wohlwollen, mit Draht gebunden
sich windend

erwartest mich zu treffen
knirschst auch ohne Parkett
höre dich immer
verhöre dich stumm

MINE

IN LEEREN ZIMMERN
INNERER LEIM: MEER, ZINN
RENNE, MERLIN
NIERE & MILZ
EILEN EINZELN
ZERREN
ER-
INNERN

Cirrus

Über uns der Eindruck
angesammelter Prämissen
schwebend, nach Mittag verschluckt
eingebettete Wissenslücken

Oxidierendes Weiß
über Kanten, die wir formten
von Formen nicht zu reden weiß
die Fotosynthese der Erinnerungsforen

Was sie versprach, fällt schwer
in diese Stunden abzulegen
verselbstständigt sich wie Regen

Darum prophezeien wir
Wolken unserer Wetterkunden-
Trachten nach Gewitterstunden

Susanne D. Engling

Kinderjahre

Ich bin fünf und halb.
Weiße und schwarze Tasten. Töne, die fliegen. Sie sind überall. Sie sind meine weiche Hängematte. Ich lege mich in sie. Am Klavier bin ich ganz ruhig. Hinterher: Erwachsene sagen erwachsene Worte: Weit! Ungewöhnlich! Fortgeschritten! Paps' Hand auf meinem Kopf. Zu Hause: Misslungener Fingersatz. Ich knalle mit den Fäusten auf die Tasten! Paps' Mund ein dünner Strich. Mutti tröstet. Warm.

Ich bin schon sechs.
Erster Wettbewerb. Erst schiebe ich die Fußbank zurück, dann verbeuge ich mich, dann nehme ich die Noten vom Pult. So habe ich es geübt. Viel Applaus und ein erster Preis.

Ich bin jetzt sieben Jahre alt und gehe in die zweite Klasse.
Ich bestehe aus zwei Seiten. Die rechte Hand ist die fleißige. Sie spielt oben die Melodie. Sie lernt schnell die schweren Sprünge, ohne müde zu werden. Vielleicht ist sie manchmal ein bisschen eingebildet. Aber die linke, auf die bin ich oft böse. Die linke ist schlecht. Sie ist faul und plump. Zu laut! Ich balle sie zur Faust und in Gedanken schimpfe ich sie aus. Die rechte Hand nickt zustimmend. Meine kurzen Nägel graben kleine Halbmondrillen in die Handfläche.

Ich bin 8.
Ich soll ein Stück vorspielen, aber ich will nicht. Nakommdaswirdbestimmtschön, säuselt Mutti. Ich schüttele den Kopf. Aberduspielstdochsotoll… nein, nein… dumagstdochdasstückodernicht… nicht mehr… dirmachtdasdochspaß… ich… ichwürdemichsofreuen… – Als mein Name aufgerufen wird, gehe ich nach vorn und setze mich. Aber mein Kopf ist leer! Die Melodie ist verschwunden. Ich spüre, wie mir ganz heiß wird. Ich. Will. Nicht. Ich lege die Hände auf die Tasten. Schwarz und weiß.

Die Finger wissen nicht, wohin sie gehen sollen. Die Lehrerin ruft durch den Saal. Meine Ohren heiß vor Scham. Ich schlage einen Ton an, kalt und fremd. Ich werde mich nicht erinnern. Stehe auf und gehe zurück an meinen Platz, ohne jemanden anzusehen. Der Moderator versucht einen Witz. Ich spiele nie wieder auswendig.

Ich bin 10 Jahre.
Nach der Schule in die Musikschule. Der Ranzen auf meinem Rücken ist schwer, ich schwitze. Bin schon müde. Brot und Apfel auf dem Gang. Die Lehrerin lässt mich Etüden spielen. „Gleich kommen die anderen Lehrer. Dann spielst du mal deinen Beethoven vor." Die Lehrer sind in meinem Rücken. Ich blende sie aus. Lasse mich in die Musik gleiten, doch Vorsicht: nicht ganz. Achte auf die Klippen, von denen es einige gibt! Dann: Lob und Kritik. Lächeln über gemeine Bemerkungen. (Lehrer sind auch nur Menschen, sagt Mutti. Nicht zu mir, aber ich höre es.) Dankbarkeit zeigen. Den Rest der Stunde den ersten Takt üben.

Ich bin 11, fünfte Klasse, Gymnasium.
Mutti lädt Maike zum Übernachten ein. Wir üben in unterschiedlichen Zimmern, bevor wir spielen gehen. Abends bin ich erschöpft und meine Hand tut mir weh. „Wein einfach mal alles raus", sagt Maike. „Dann geht's wieder. Nimm halt mal nur die andere Hand."

Zwölf.
Fehler: Nichts hasse ich mehr. Ich werde zornig. Dann verbissen. Niemand darf stören. Wenn ich übe, nehme ich mir zuerst die schweren Stellen vor und am Ende die leichten Stücke, zur Belohnung. Wieder etwas geschafft – sich loben ist wichtig. Morgen geht alles von vorn los.

Ich bin jetzt 13.
Wettbewerb mit Duopartner. Paps sagt: „Die volle Punktzahl bekommt man eigentlich nur, wenn alles ausnahmslos perfekt ist. Also fast nie." Wir bekommen die volle Punktzahl. Ich finde nicht, dass mein Spiel perfekt war. Ich weiß die Stellen, an denen mein Finger gezittert hat, an denen ein Akkord nicht ganz sauber gegriffen war, die Stellen, vor denen ich Angst hatte. Aber niemand hat es gemerkt.
In den Tagen danach mache ich übefrei. Ich bin traurig, ich weiß nicht, wohin. Schreibe Ideen auf kleine Zettel, die ich überall verteile.
Sie fließen aus mir heraus, neue Projekte, die alle unbeendet bleiben.
Abends liege ich im dunklen Zimmer und spüre das Beben meiner

Hände. Ich träume davon, von einem Baum zu fallen oder auf der Straße von einem Laster angefahren zu werden oder eine Treppe hinunterzustürzen. Ich bin schwer verletzt und werde ins Krankenhaus eingeliefert. Paps steht weinend an meinem Bett. Alle kümmern sich um mich. Ich muss mich um gar nichts kümmern. Das alte Programm wird weggelegt. Bald bekomme ich neue Stücke.

Ich bin 14.
Technikübungen. Manchmal tut mir die Hand sehr weh. Ich habe eine Beule an der Innenseite des Gelenks. Mutti sagt: „Lass es langsam angehen. Denk mal an Schumann." Ich kann eine None greifen, manchmal sogar etwas mehr. Schumann konnte das nicht. Aber darum geht es nicht, das weiß ich. Musik ist ja kein Sport. Es geht immer noch ums Gefühl.

15.
Ich will „Für Elise" spielen. Die Lehrerin sagt: Viel zu leicht für dich! Ist mir egal. Alle wissen, was „Für Elise" ist.

16.
Mutti und Paps fragen, ob ich Klavier studieren will. Ich zögere.
Bei einem Wettbewerb schneide ich nicht so gut ab wie die Konkurrenz. Die Konkurrenz, das sind jetzt die, die schon bei Professoren Unterricht haben. Auf dem Gang mustert mich eine andere Teilnehmerin von oben bis unten. Ich fühle mich entblößt. Ich dachte, Musikmachen sei etwas, das man gemeinsam mache, nicht gegeneinander.

Siebzehn Jahre.
Ich bleibe auf meiner alten Schule. Ich will etwas anderes. Was? Ich übe weiter jeden Tag vier Stunden. Richtungswechsel sind langsam. Paps sagt: Mach zwischendurch Pause. Dann geht auch er weiterüben. Es gibt immer den Lauf, der verbessert, die Fingerstellung, die verändert, den Triller, der noch sauberer gespielt werden kann. Hausaufgaben mache ich, wenn es dunkel wird.
Ich habe jetzt einen Freund. Er wohnt mit seiner Mutter und seiner kleinen Schwester und seinem Hund in einem Haus am Stadtrand.
Der Hund ist klein und haart alles voll. Die Mutter liest Frauenmagazine. Die Schwester spielt Fußball. Manchmal gehen er und ich jetzt zusammen ins Kino. Wir sprechen auch über die Bücher, die wir gerade lesen. Ich lerne eine neue Sprache.

18 Jahre alt.
Alle betrinken sich auf der Abifeier. „Was willst du jetzt machen?“, fragt mein Freund. Ich habe keine Antwort. Meine Prüfungsergebnisse sind alle gut. Aber besonders ist daran nichts mehr. Ich muss jetzt ganz von vorne anfangen. Zum Glück.

Über die Autor:innen

Mariana Bártolo ist Filmemacherin, Multimedia-Künstlerin und Performerin. Sie studierte Tanz an der Escola Superior de Dança in Lissabon und von 2013 bis 2020 an der Kunsthochschule für Medien Köln. Sie entwickelt Arbeiten in den Bereichen Film, Fotografie, Video, Zeichnung und Performance. Zu ihren Kurzfilmen zählen u.a. „Whale Beards" (2021), „Interior" (2017) und The Factory (2012). „Mansa" (2021) ist ihr Abschlussfilm an der KHM.

Rebecca Beauchamp is a student in Diplom 2 with a focus in exMedia, particularly sound design and composition.

Codichter:innen _ell_ Worl_! ist eine gemeinsame Arbeit von Ting Chun Liu, Patricia Falk, Julia Maja Funke, Lisa James, Julia Nakotte, Lukas Ortheil, Julia Vergazova und der Programmiersprache beatnik. Sie ist im Rahmen des Seminars Codichte von Georg Trogemann, Mattis Kuhn und Christian Heck entstanden.

Susanne D. Engling studiert seit 2019 an der KHM im Schwerpunkt Literarisches Schreiben. Bis 2016 Studium der Komparatistik/Theaterwissenschaft in Bochum. Themen, mit denen sie sich in ihren Texten beschäftigt, sind die Gestaltung von Elternschaft im Kapitalismus der Gegenwart, (Rück-)Blicke in Kindheiten sowie Entwürfe und die Entwicklung von Identitäten und Zusammenleben. Susanne D. Engling lebt mit ihrer Familie in Essen. www.susanne-engling.de

Tina Ilse Maria Gintrowski, geboren in Berlin. Germanistik- und Romanistik-Studium in Bonn, danach kurzes Zweitstudium am Deutschen Literaturinstitut Leipzig. Veröffentlichungen, Preise, Stipendien und Förderungen. Seit Oktober 2020 Diplom II an der KHM in Köln. Ferner Lehrkraft für Deutsch als Fremdsprache, Praktikantin in der Landwirtschaft und Pilgerin bis ans Ende der Welt. Lebt und schreibt zur Zeit in Köln.

Sina Guntermann ist Autorin, Regisseurin, und Fotografin und lebt in Köln. Als Künstlerin bereist sie verschiedene Perspektiven und Narrative. In ihren Arbeiten thematisiert sie die Wahrnehmbarkeit der Realität, die humorvolle Trockenheit des Tragischen und dem Kontext entrückte, alltägliche Begebenheiten. **Sina Guntermann** is a writer, director, and photographer living in Cologne. As an artist she travels through different perspectives and narratives. In her works, she addresses the perceptibility of reality, the humorous dryness of the tragic, and everyday occurrences removed from context.

J. Güntner wurde 1993 in Kiel geboren. Sie lebt, manchal denkt und schreibt sie auch.

Jeesoo Hong is an artist born in South Korea working based in Cologne and currently studying for a master's degree in exMedia at the Academy of Media Arts in Cologne since 2017. Her interests are the different relationships between human/non-human bodies and spaces created by urban life and invite the audience to intimate experience through multimedia such as drawing, sound, installation, and video.

Maximilian Karakatsanis ist Regisseur und Autor (*1994). Berufsausbildung in Schnitt und Kamera, Schauspiel an jungen freien Theatern, Studium der Neuen Deutschen Literatur an der Universität zu Köln (abgebrochen). Seit 2018 Studium an der Kunsthochschule für Medien Köln.

Ella Kühn ist ziemlich schlau, sehr, sehr schön und extrem talentiert.

Maja Mick (*1993) studierte Kunst und Politikwissenschaft in Leipzig, London und in Köln. Heute arbeitet sie als Redakteurin und Autorin, veröffentlicht ihre Erzählungen in Magazinen und Anthologien und beschäftigt sich darin mit Landschaften und ihren Menschen. Und mit Menschen und ihren Landschaften. Dieses Jahr wurde sie dafür als Stadtschreiberin nach Augustusburg eingeladen und schreibt und arbeitet aus dem Erzgebirge.

Julia Nakotte

```
file = open(“./kurzbio.txt”, “rt”,
encoding = “utf-8”)
file.read()
file.close()
```

Álvaro Parrilla Álvarez, born in Seville in 1983. I have studied several things about communication, cinema and audiovisuals, but I don't remember anything anymore. It doesn't matter either. I have also read several books and listened to very good records.
I am a nice and fun person. I like music, literature and cinema (Well, just like the next person). I also like to dance badly, but with grace. Only my German level is worse than my dancing (Stolen this from my Tinder profile).

Leonard Prandini hat alles abgesagt. Leonard Prandini hat nichts vor.

Dilara Raika Er, geboren 1996 in Nürnberg, studiert seit 2017 an der Kunsthochschule für Medien Köln.
In ihren multi-medialen Arbeiten thematisiert sie unter anderem Migration, generationsübergreifende Traumata, Diaspora, strukturellen sowie internalisierten Rassismus und sexuelle und patriarchale Gewalt.

Sandra Riedmair, geb. 1988, arbeitet. Und manchmal beschreibt sie, wie es wäre damit aufzuhören.

Lisa Roy wurde 1990 in Leipzig geboren und wuchs im Ruhrgebiet auf. Nach einigen Jahren in Düsseldorf und Leipzig zog sie nach Essen, wo sie heute lebt und schreibt. Sie veröffentlicht Kurzgeschichten und arbeitet an ihrem ersten Roman. www.lisaroy.de

Denys Saitov. Geboren 1990 in Sofia, hat jüdisch-tatarische Wurzeln. Aufgewachsen in der Ukraine. Im Jahre 2002: Immigration nach Deutschland. 2010-2015 Soziologie Studium, Universität Duisburg-Essen. 2015-dato Kunsthochschule für Medien Köln. Arbeitet interdisziplinär: Video (narrativ/experimental), Text (Essay/Lyrik/Prosa), Installation.

Julie Sophia Schöttner (*1995 in Gießen) lebt in Köln und studiert dort Literarisches Schreiben und Film. Zuvor studierte sie Germanistik in Leipzig und war dort Teil der Lesebühne Apropos und Mitherausgeberin des Apropos Magazins. Veröffentlichungen von vornehmlich Kurzprosa u.a. in den Anthologien des Literaturforums Hessen-Thüringen, des Ovag-Literaturpreises und der MONAliesA.

Tobias Schulenburg hat laut der Deine Top-Songs 2020-Liste von Spotify (automatisch erstellt am 27. November 2020) folgende Lieder am Häufigsten im Jahr 2020 gehört: 1. aisatana [102] von Aphex Twin / 2. Heimkehrlied von Peter Licht / 3. I Had It All von dj poolboi / 4. Afraid von Nico / 5. Unwiederbringlich von Tocotronic / 6. #3 von Aphex Twin / 7. Du kommst nicht mehr zurück von Peter Licht – er nutzt Spotify Premium über den Familienaccount eines Freundes.

Marie Sturm, lebt und arbeitet in Köln. Studium der Literatur- und Kulturwissenschaft an der Universität Bonn, danach Studium der freien Kunst an der Kunstakademie Düsseldorf. Seit 2019 Postgraduales Studium an der Kunsthochschule für Medien Köln mit dem Schwerpunkt Literarisches Schreiben. Veröffentlichungen in Zeitschriften und Anthologien, unter anderem in der Anthologie von Durs Grünbein und Student*innen der Kunstakademie Düsseldorf und dem Düsseldorfer Salat Magazin. Für den Instagramkanal vier.ruhr schreibt sie die Videokolumne „Flaneuse von Mülheim“.

Tom Tautorus (*1999) lebt in Köln. In Literatur und intermedialen Arbeiten beschäftigt Tom sich mit Queerness, alternativen Formen der Wissensproduktion und (un)schuldigen Perspektiven. Dabei liegt ein starker Fokus auf autofiktionalem Schreiben und der Frage, was es bedeutet die eigene(n) Geschichte(n) auf eine bestimmte Art und Weise zu erzählen.

Farah Wind (*1997 in Salenstein) lebt in Köln. Nach dem Studium der Kunstgeschichte und Literaturwissenschaften arbeitete sie im Feld des Dokumentarfilms und als Mediengestalterin für Theaterproduktionen und Performances, in Berlin. Ihre Schwerpunkte liegen in den Bereichen Sound, Videokunst und Installation. Sie ist Teil der Otic.Radio Redaktion und studiert seit 2020 im Diplom I an der Kunsthochschule für Medien.

Wir danken
Alina Herbing, Juliana Kálnay,
Nadja Küchenmeister und Ulrich Peltzer für ihre Unterstützung bei organisatorischen Fragen und im Lektorat

Heike Ander, Karin Lingnau, Juliane Kuhn und Dorothea Schmitt für ihre Hilfe bei der Herausgabe und Öffentlichkeitsarbeit.

Diese Anthologie entstand im Rahmen eines Seminars von Ulrich Peltzer an der Kunsthochschule für Medien Köln.

Bestellen Sie zusätzliche Ausgaben kostenfrei, solange nicht vergriffen, unter: **verlag@khm.de**.

Die fünfte Ausgabe der KURZE erscheint im Sommer 2022.